BBC

DOCTOR WHO

The Deviant Strain

异 种

[英] 贾斯廷·理查兹 / 著
吕灵芝 / 译

新 星 出 版 社 NEW STAR PRESS

图书在版编目（CIP）数据

异种 / (英) 贾斯廷 · 理查兹著 ; 吕灵芝译. -- 北京 : 新星出版社，2020.4
（神秘博士）
ISBN 978-7-5133-3645-1
Ⅰ. ①异… Ⅱ. ①贾… ②吕… Ⅲ. ①幻想小说－英国－现代 Ⅳ. ①I561.45
中国版本图书馆CIP数据核字(2020)第029128号

异 种
[英] 贾斯廷 · 理查兹 著; 吕灵芝 译

责任编辑： 汪 欣
特约编辑： 姚 雪 康丽津
责任印制： 李珊珊
装帧设计： 付 莉 张广学

出版发行： 新星出版社
出 版 人： 马汝军
社　　址： 北京市西城区车公庄大街丙 3 号楼 100044
网　　址： www.newstarpress.com
电　　话： 010-88310888
传　　真： 010-65270449
法律顾问： 北京市岳成律师事务所

读者服务： 010-88310811 service@newstarpress.com
邮购地址： 北京市西城区车公庄大街丙 3 号楼 100044

印　　刷： 北京华联印刷有限公司
开　　本： 910mm × 1230mm 1/32
印　　张： 8.375
字　　数： 100千字
版　　次： 2020年4月第一版 2020年4月第一次印刷
书　　号： ISBN 978-7-5133-3645-1
定　　价： 41.00元

致同路人——

雅克与史蒂夫

序　幕

帕维尔死去的那天，本是他一生中最棒的一天。

他们约好在山崖上见面，地点就选在树林和石圈之间。天冷得刺骨，他的脚踩在冻结的积雪上嘎吱作响。

雪地反射的满月之光投下了重影，诡异地遍布在大地上。在他身后，光秃秃的干枯树杈好像要攀爬那片无云的夜空。在他眼前，冰冷的石头闪闪发光，好像是由一颗颗星星镶嵌而成的。

有一个人在帕维尔身旁牵着他的手，那是瓦莱里娅。他几乎不敢看她，生怕这场梦会消失。这一定是场梦，对吗？他们两个人总算单独在一起了。

他还是看了看她，因为实在难以自持。他迷失在她灿烂而美丽的微笑里，看着她淡金色的发丝拂过完美而光滑的脸颊，感觉自己渐渐沉入那双天蓝色的眸子里。他仿佛置身于一场梦中……

一场噩梦。

她瞪大眼睛，微笑扭曲成惊呼，随后是一声尖叫。

黑暗包裹住两人。几道影子突然从树林里出现，脚步拖沓地走向他们。随后，像树枝般瘦削而干枯的手将两人的嘴捂住，抓住了他们。

世界天翻地覆，两人被凌空拽起。他们扭动着身体，大声地呼救。帕维尔和瓦莱里娅牵着的手被一把扯开。他最后一次看到女孩惊恐的脸时，她正朝他的方向伸出手，迫切地想再次触碰到他，迫切地想寻求解救。

一道罩着袍子的暗影来到两人中间，挡住了他的视线。那道影子头戴黑色兜帽，脸隐藏在阴影之中，身后的圆月如同冰冷的光环。影子转向了瓦莱里娅。

帕维尔最后看见的景象是另一道暗影渐渐向他逼近。

帕维尔最后听见的声音，是瓦莱里娅充满恐惧、震惊和难以置信的尖叫。因为她看到了兜帽底下的东西。

塔迪斯停顿了一瞬，卡在时间漩涡翻卷的色彩中。随后它在无垠的时间里闷头往前一冲，往旁边一闪，又往后倒退。

尽管塔迪斯的外壳磨损严重，它的内部却安稳平静。主控台的中心柱运转正常，所有该亮的灯都亮着，杰克·哈尼斯上校正吹着口哨，一切都很顺利。杰克停下口哨，按了一个根本不需要按的按钮，随后继续相当浮夸地吹起了“把烦恼打包……”的调子。

警报音跟口哨的节奏实在太合拍，直到他下一段副歌吹到一半时才注意到那个声音。

“微笑，微笑，微笑……”

哔，哔，哔。

紧接着，他马上开始行动，在控制台边检查扫描仪，向下翻查一大堆信息。其实他看不懂多少，但还是装模作样地点着头，免得博士或罗丝走进来。

“警报？”他查看了另一条读数，“求救……”杰克露齿一笑，“可能是美人落难。”

或许，他最好别碰任何东西。或许，他最好等博士过来。

又或许，“管他的……”

博士冲了进来，罗丝紧随其后。他神情严厉，她满脸笑意。

“闹什么呢？”罗丝问。

“一个求救信号罢了，”博士用胳膊肘把他挤开，杰克一边往旁边挪，一边回答着罗丝，“没什么，在宇宙高边疆[1]经常能遇到。”

“这种很少遇到。”博士盯着扫描仪，头也不抬地对他说，“这是严重事态。”

仿佛回应一般，律动的警报音变成了剧烈刺耳的声音。“不该这样啊。”博士缓缓转向杰克，“你没有干蠢事儿吧？”

“啥？我？你觉得我会不知道标准操作程序？”

1. 由丹尼尔·格雷厄姆于1980年提出，旨在通过开辟和利用太空领域以展开美苏太空竞赛。

“这里没有什么标准操作程序。”罗丝提醒他。此时她也来到了控制台，踮着脚尖去看扫描仪，“快，让我瞅瞅。”

“哦，真棒。我们收到求救信号，而你却想着肉铺。”[1]

“你俩闭嘴！”博士喝令道，“有人回应了信号，这下没问题了。”

“是吗？”罗丝问。

“是的，回应信号的人会过去帮忙。问题已经解决了。”

“他们会吗？”杰克小声问。

“一定会，这是道德义务。他们先回应了，所以其他人不会再管这个信号，不是吗？自动化系统向外发送求救信号，假如有人回应了，系统就会源源不断地发送各种定位数据和精确信息。信号强度增强了百分之五百，很可能是用掉了最后一点备用应急能量。不过已经过了这么久，我猜这只会浪费某些人的时间罢了。”

“也不知道是谁回应了。”罗丝转过身，准备把问题抛到脑后。

“呃，这个嘛，”杰克说，“其实……”

博士张大了嘴，“你该不会……”他听到杰克又开始吹口哨，马上转过身。“你回应了。”博士重新查看扫描仪，“他们现在都急坏了，以为有人会去鬼知道哪颗光秃秃的星球上把他们救走。

1. 上文罗丝说的“让我瞅瞅”原文为"Let's have a butcher's"，这是一句伦敦俚语，等同于"to look at something"。因杰克是美国人不了解这句俚语，且原文含“肉铺（butcher's）”一词，故有杰克的回答。

好吧，他们没必要觉得我会……”他声音越来越小，渐渐皱起了眉头。

“道德义务。”杰克小声说。

“对，我们该去帮帮他们，博士。”罗丝插嘴道，“他们在哪儿？”

“鸟不拉屎、啥都没有的荒野。”杰克猜测道。

博士抬起头，脸上又出现了笑容，“是地球——二十一世纪初期。”

杰克闷闷不乐地点点头，“你瞧，我说对了吧？”

哥罗德尼上将的一只大手握着雕花玻璃杯，另一只手则拿着屏幕墙的遥控器。哪怕伏特加灼烧着他的喉咙，他依然保持着冷峻的表情。可是当他开口讲话时，那嗓音仿佛是从一堆碎玻璃里硬挤出来的——沙哑、刺耳又粗糙。

“多久以前？”

跟随他的人无须询问那是什么意思。屏幕上显示着能量分布图，在红色的背景上，有一个代表能量脉冲的黄色小点。他们打开整个俄罗斯北部的地图开始搜寻。随后，他们放大到诺瓦罗斯科半岛，再到诺瓦罗斯科村，最后找到了这个：一张卫星影像，清晰得足以看见整个基地、旧营房和军事设施。潜水艇好似深色的鼻涕虫，正爬向海湾封冻的海水中。能量脉冲那一圈圈不协调的色彩覆盖着山崖顶端。

“出现在十一分钟前，在此之前可能存在一些背景能量，不过都在容许范围内，不值得担心。”

“如果是那些旧反应堆的辐射呢？”上将责问道，“为什么没从潜水艇修藏坞释放出来？”一个新的想法闪过脑海，他吞下一大口伏特加，“那上面的导弹拆掉没？”

“呃，大部分都拆掉了，不过其中一艘潜水艇上还有几枚SS-N-19[1]。”副官咽了一口唾沫，“可能有好几枚，实际上我们并不清楚。”

上将叹息一声，“我们当然不清楚了。我们啥都不知道，再也不可能知道了。我们为何要担心一个荒无人烟的地方是否会发生辐射泄漏？几枚‘船难’级巡航导弹随时可能把它们吸收掉。你知道一艘奥斯卡 II 级潜水艇能装载多少枚巡航导弹吗？”

他的两名副官交换了一下眼神。他们知道，“恕我直言，上将……”

他自问自答道：“二十四枚。”

“这不是辐射泄漏，长官。”

“你知道每一枚导弹的威力有多大吗？”

“它们虽然没被移除，但都正式停用了。”第二副官紧张地

1. 俄罗斯海军拥有的反舰巡航导弹，北约代号SS-N-19船难，也就是下文提到的“船难”级巡航导弹。

说，这个问题的答案他也知道，“虽然导弹还在原来的地方，但是弹头都被禁用了。”

“这不是辐射泄漏，长官。”第一副官重复道。不过他还算明智，没有提高音量。

“相当于五十万吨三硝基甲苯炸药。每艘潜水艇搭载二十四枚导弹，说不定有一打潜水艇……”

“十五艘。”第二副官咕哝道。他满头大汗。

“我们应该庆幸那些泄漏出来的玩意儿没有引爆巡航导弹，”上将晃了晃玻璃杯，酒在杯口打转，“即使那会害死半岛上的每一个人。”他又啜饮一口伏特加，“说得好像我们二十年前没有把他们都扔在那儿等死一样。”

“那不是——”

“你第一次说的时候我就听到了！”上将咆哮道，“如果不是辐射泄漏，那到底是什么？”

没人回答。

“我们得查出那是什么，还得告诉美国人，那儿有一个反应堆泄漏，不过我们自己能解决，以免他们胡思乱想。得向他们保证这不是一个发射信号。”

第二副官不自在地扭了扭身体，用汗津津的手指松开硬领，“长官，我们真的要告诉美国人吗？诺瓦罗斯科是个顶级机密机构——那里的潜水艇修藏坞，还有科研基地……”

哥罗德尼竖起一根粗短的手指，指向屏幕，“如果我们能看见那玩意儿，他们也能看见。如果我们试图保密，那可以肯定，他们早就知道那里了。莱文上校在哪儿？”

两个副官花了好一会儿才意识到上将换了话题。随后第一副官回应道：“他的团队正在……处理车臣任务的归途中。”

哥罗德尼点点头，表情第一次有了变化，一抹微笑浮现在嘴边，“叫他来。”

“上将，您要见他？”

“不，不是这儿，你这个蠢货。”他又指向屏幕，“叫他到那儿去，去搞清楚情况。”

“他本来准备回家，长官。”第一副官咽了一口唾沫，鼓起勇气说，“我可不想告诉他……”

“那就派别人告诉他。”哥罗德尼打断了副官的话，“我要莱文去处理这件事，他是我们这儿最能干的人，而且他不会乱来。”他在椅子上挪了挪，转头看着身边站着的两个紧张兮兮的副官，“至少不会比我更乱来。”

不到十分钟后，一架米-26光环直升机就在伊尔库茨克上空划出一道弧线，展开新的旅途。一周前，它还满载着整整八十五人的作战部队开始出征之旅。现在，它要把仅剩的三十七人带回去。

奥列格·莱文上校啪的一声关掉无线电设备，脸上露出决绝的愤怒。

“信号在减弱，我猜是能量不够用了。”博士敲了敲扫描仪上代表信号脉冲节拍的闪光。

“他们的情况肯定很不好。”杰克说。

“有人知道他们是谁吗？”罗丝问了一句，闪光和读数对她来说毫无意义，“他们是什么？”

“可能已经死透了。”博士断定，“不过，既然我们这位伙伴已经告诉对方会前去提供帮助，我们最好还是实际确认一下。”

杰克扬起一边眉毛，“如果你不想就算了。”

“这跟我想不想毫无关系，对不对？因为这是我的道德义务。”博士绕着控制台移动，把他挤到一边，“你给我施加的道德义务。”

“还有我。”罗丝提醒两人。

“这是个重复的模式，”杰克告诉他们，“循环信号。”

“对，那有可能是‘遇险、遇险、遇险’。”

“也可能是‘求救、求救、求救’[1]。”罗丝补充道。

杰克吸了吸鼻子，“我只是想说，说不定我们能破译这个信

1. 即“Mayday”和“SOS”，两者都是紧急求助信号。

号，搞清楚它是什么意思。”

“意思是‘救命’。”控制台一边的铃叮了一声，博士一拳砸向某个开关，“来吗？”

杰克还在研究扫描仪上的脉冲节拍线条，“如果这是一段循环信号，或许我们就该把它当成一个环。”他拨动一个开关，重复的线条自行弯曲，组成一个圆圈。脉冲变成了光斑，形状和尺寸略显不同，有点凌乱地分布在屏幕上。

罗丝越过杰克的肩膀看了一眼，“这好像巨石阵的地图。”她说，“快来吧，不然我们又要像往常一样被甩在后面了。”

“你说什么巨石阵？”两人走出塔迪斯时，博士问了一句。

“哦，没什么。”罗丝说。

她庆幸自己穿了大衣，顺便把自己又裹紧一些，好抵御外面的寒冷。明媚的阳光似乎对他们脚下几英寸深的积雪毫无作用。

“那很好，因为……”

博士大步走在积雪覆盖的平地上，盯着前方的景色，身后留下一串脚印。

塔迪斯停在了山崖顶端，这里寒风呼啸，把罗丝的头发吹成了鸟窝，还掀起她脚下少量的积雪。她听到下方很远的地方传来浪涛声，不过目前她的注意力都集中在博士身上。博士转身看着她，咧嘴笑了，“你不觉得这很有意思吗？”

博士的一侧是树林，树木都竖着光秃秃的尖枝丫，上面挂满冰柱。他的另一侧立着一圈石头，竖立的石头。它们在寒冷的阳光下闪闪发光，就像嵌满了反光的石英。

“石头围成的一个圈？”罗丝说，“这一定是个巧合。”

“说到巧合，我的——”

杰克的话被一阵突然出现的轰鸣声盖过了。风猛然变大，雪花扫过山崖，刺得罗丝两眼生疼。

一架形似巨型金属蜘蛛的大直升机气势汹汹地悬在空中，与山崖顶端正好持平。直升机一侧的门半开着，一个男人跳了出来——那是一个穿着卡其制服、身背装备、头戴作战头盔、手持突击步枪的军官。紧接着，他身后一排相同装扮的士兵也跳到地面上，全都压低身体迅速散开，围成一圈，各就各位。

博士信步走回罗丝和杰克身边，“欢迎派对？”他猜测道。

包围圈闭合起来，士兵们举起步枪——枪口正对着博士和他的朋友们。第一个跳出来的人把步枪挂在肩上，自信坚定地走到圆圈中间。随后，他停在博士面前。

单从他的眼神，罗丝就能看出这人正在气头上。

1

“你们在村庄边上干什么？”军官厉声问，“如果人们管这儿叫村庄的话。”

“那你会管它叫什么？”博士问。

“社区。”军官吐出一个词。他身材健硕，又高又壮，在一身战斗服和装备的衬托下，显得块头更大，“码头。机构。”

“你的语气好像在说疯人院。”罗丝说。

军官转身看向她，“如果他们现在都还没疯，那我可要大吃一惊了。那些人被抛弃并遗忘在这里整整二十年了，就算拥有整个基地也无济于事。”

“他们？”

“什么？”

“你说‘他们’，”博士回答，“好像你觉得我们并不来自这个社区码头机构，无论我们最后决定管它叫什么。”

“你们衣服没穿够。”军官说。

“你们也没有。”杰克指出，“你们身上穿的并不是北极专用战斗装备，对不对？卡其制服在这片雪地里可不能成为伪装，而且我敢说你们都没给武器装上防冰装置。”

军官眯起眼睛注视着杰克，“你说起话来像个美国人。”

“谢谢。”

“那并不是表扬。”

“俄国人。”博士嘀咕一句，只够让罗丝听见。随后他提高音量说：“那么上校，是什么把你带到了诺瓦罗斯科半岛？”

“我接到了命令。”

“好吧，我们也接到了命令。你要是觉得自己一接到通知就被强拉到这里来，真该看看我们的遭遇。”

当博士把手伸进上衣夹克时，罗丝发现军官明显顿了一顿。博士动作小心缓慢，还咧嘴笑着示意自己没有恶意。等他把手拿出来，罗丝看见他抓着一个小皮夹。博士把皮夹打开，露出一张白纸：通灵纸片——它能让别人看到博士想让他们看到的东西。

“我说了，我们也有命令。”

军官缓缓点头，看着那张白纸，“我希望你不需要我向你敬礼……那什么博士。抱歉，你的拇指遮住了名字。”

“对，”博士把皮夹塞回上衣夹克里，“没错，这位是罗丝·泰勒，我的二把手。这位是杰克·哈尼斯上校，来自情报机构。”

杰克也笑了起来，“你不需要知道我来自哪个分支，我想你准能猜到。”

博士双手一拍，“好，那我们都是一伙儿了呗？”说到这里，他的微笑不见了，“哦不，没必要敬礼。只要你愿意做我需要你做的事，我们就不会妨碍你。这样够公平吧？”

“你又是谁？”罗丝想知道。

军官转身朝自己的手下打了个手势。士兵们收起步枪，各自转身，缓慢而小心地走过山崖顶端。一部分人朝石圈走去，另一部分人则走向树林。

“看来你们得到的信息跟我们的一样简要。”军官转身对他们说，“我是奥列格·莱文上校。跟你们一样，我们来这里调查卫星接收到的能量异增。跟你们一样，我也不愿意待在这儿。所以我们应该尽量直截了当地解决这件事。”

“对。”博士赞同道。

“不管他们怎么说，我认为能量来自其中一艘潜水艇，或者科研基地。”

“我们也这么想。”杰克同意道。

“什么潜水艇？”罗丝说。

“什么科研基地？”博士问。

莱文轮番看了看他们两个，“原来你们一点儿都没得到知会啊。”他说，“他们的典型作风。你们竟然知道自己在哪儿，这已经让我很惊讶了。”他叹了口气，准备走开。与此同时，他好像第一次注意到了塔迪斯。

“哦，那是我们的。”罗丝说。

“设备，”博士解释道，“之类的。我们跟你一样，也刚被扔到这里。”

莱文点点头，“一片狼藉。”他咕哝道，“你们有盖格计数器吗？”

“你觉得我们需要用到那个？”博士问。

莱文大笑起来，“你不觉得吗？”

他转身走向自己的队伍，那些士兵已经消失在白茫茫的雪地里了。博士、杰克和罗丝互相看了几眼，博士摇了摇头，“没有特别超出背景值的辐射读数。”他小声说。

“那你确实检查过了？”罗丝问。她感到寒冷刺骨，整个人都抖了起来。

“嗯，是的，我想我检查过了。”

“你想?！”

一声愤怒而懊恼的咆哮打断了他们，莱文将一只手伸进头盔里按着耳朵，罗丝猜测他应该佩戴了无线电耳机。他转过身，对博士说：“抱歉，长官……”

“叫我博士就好。”

“博士，我们好像遇到麻烦了。”

“什么麻烦？”杰克插嘴道。

“石圈里发现了一具尸体。”

罗丝和杰克都冻得发抖，只不过杰克努力不表现出来。博士让他们回塔迪斯里换上更暖和的大衣，他自己则跟莱文上校一起去查看尸体。

“你目睹过很多死亡吗？”他们走在雪地上时，上校问了一句。

“你问这个干什么，难道觉得我是个软蛋？”

“不。只是这具尸体……耐人寻味。”

“他们这样告诉你的吗？”

“嗯？”

“我可是博士。”

“你完全有可能是位哲学博士。”

他咧嘴一笑，“也包括吧。”

莱文上校停下脚步，博士也跟着停了下来。他意识到这是让军官对自己心悦诚服的关键时刻，“怎么？”

“我讨厌自己身在此处。”莱文语气平淡地说，“我讨厌你们身在此处。你们会干涉我，会拖我后腿。我一点儿都不在乎你们的什么头衔，或你们所属的情报机构。我有工作要做，而我会去完成。所以别跟我讲俏皮话，也别嬉皮笑脸。如果你们真的有本事，就证明给我看，那样我们可以和平相处。如果你没本事，那就别碍事，我还能让你们保住那顶乌纱帽。听明白了吗？”

“明明白白。”

“很好。”

莱文转身大步走开。他走了好几步才发现博士没有跟上来。于是他略显不情愿地缓缓转身，走了回去。

“我能理解你的感受。”博士说，“我也不是自愿过来的，可我已经来了，同样有工作要完成。你问我有没有本事？我是最棒的，所以才会来到这里。罗丝和杰克，他们俩也是最棒的——所以你别找他们麻烦，好吗？”他没有等待莱文回应，“你想知道我是否目睹过很多死亡？我见过的死亡远超你的想象。所以收起硬汉那一套，你有本事就证明给我看。听明白了吗？”

“明明白白，”莱文小声说，“长官。”

博士又露出笑脸，拍了拍莱文的肩膀，鼓励他向前走，“我跟你说了，别叫我‘长官’，叫我‘博士’就好。”他继续道，“嗨，他们告诉我，你和你的手下都是最棒的，所以我们应该能相处愉快。让我们赶紧把活儿干完，回家喝茶吧。”

尽管博士坚称自己不是医学博士，但他的尸体勘验手段还是让莱文感到佩服。

尸体躺在石圈某块竖立的石头脚下——靠近村庄那头。莱文俯视村庄，看见一片残旧的茅舍和废弃的码头沿着海湾排列。黑色潜水艇外形粗短，停驻在生锈的修藏坞里。这片光景很难称得上是风景，但总比对着尸体要好得多。发现尸体的士兵就在不远处，仿佛要把胃都呕出来。至少他知道不能破坏现场——假设那个现场真的留下了证据。伊利亚·谢尔盖耶夫，博罗季诺夫的英雄，上周还用枪、匕首，甚至赤手空拳和十几个敌人近身搏斗，此时看到一具尸体竟吐成这样。

不过当莱文亲眼看到尸体时，胃里也是一阵反酸，马上背过身去了。博士此时终于露出了认真而严肃的表情，跪在地上开始检查起来。

“死因很难判断，”博士判定，“还需要充分的检查。我是说，东西都摆在这里了。从着装来看，死者刚死没多久，不过尸体却异常消瘦。我猜这身衣服不久前还挺合身的……”

他拎起厚重大衣的一只袖子，从袖口露出一只脆弱干枯的手，软软地垂着。

“我是说，你感受一下这重量，骨骼全部萎缩，仿佛被榨干或溶解了，消失得无影无踪。”他叹了口气，站起身来，“尸体变成软胶状了，最好别让罗丝看见。”

莱文点点头。他看见女孩跟青年已经走到石圈另一头，便朝科利莱克中尉点了点头，让他把两人拦下来，“再派人到村庄里去，找到那个叫巴林斯卡的女人，叫她上来看看这具尸体。”

“她是谁？为何要让她受这种罪？”博士问。

“她是警官，此处唯一的警官。这是她的问题，与我无关。”

“不，”博士对他说，“这是所有人的问题。”他拍拍手上的灰，仿佛在表明自己查看完了尸体，随后信步走向离他最近的石头。

莱文跟在他后面。没过一会儿，罗丝和杰克也走了过来。

“这个结构很有意思。”博士轻抚石头表面。

“石头一共有二十四块，”杰克说，“分布并不均匀，模式也是重复的。”他着重强调了这一点。不过莱文并不明白这有什么重要的。

“我喜欢它们闪闪发光的样子。”罗丝说，“它们是石英还是别的什么吗？”

“有可能是。”博士搓着石头说，“就像被打磨过一样，锃亮锃亮的，丝毫没有风化。”

“这些都是刚竖起来的吗？”杰克问。

“这些石头二十年前就在这里了。”莱文告诉他们，“它们现在跟当时一样崭新光滑。”

“你怎么知道？”

“因为当一切结束时，我就在这里。或者说，当一切开始时。至少对那些被遗弃的可怜人，对巴林斯卡和其他人来说，那是一个开始。”

“具体说说。”博士说。

“他们真的一点儿信息都没透露给你吗？”

“就当他们一点儿都没透露吧。”

于是，莱文说了起来。

“那是我培训结束后执行的头几个任务之一。冷战即将结束，俄罗斯正在解除武装。我们没有足够的经费去维持这种军事水平。当时诺瓦罗斯科有两套设施，”他指着港口边上又矮又宽的方形房子，“码头和营房，”说完，他又指向另一个方向，那里有一片地处低洼地段的混凝土建筑群，“以及研究所。”

“研究什么？”杰克问。

“当然是机密。这里的一切都是……曾经都是机密。包括潜水艇基地和有机武器研究所。”

“有机？”罗丝皱起鼻子，“我猜那跟有机蔬菜肯定不是一个概念吧。”

“大概就是完成部署之后，剩下的那些东西。”杰克说。

博士挥挥手叫两人闭嘴，“能让他先说完吗？”

“他们没有完全关闭研究所，”莱文解释道，“里面有几位科学家还在。至少他们还有资金，还能得到给养，还会出现在一些文书上。至少他们还存在。”

“码头那边呢？”博士鼓励他继续说下去。

两个身穿卡其制服的身影正在往雪山下一路小跑，一直跑到通往码头地区的水泥路边上，化作两个小点。那里并没有覆盖积雪，仿佛雪花丝毫不敢朝那座老旧的军事基地的方向飞去。

“他们关闭了码头，把潜水艇扔在那儿任它们自己化作废铁。我们本来应该正式停用那些潜水艇，带走能用的部分，就像我们对待这里的人一样——带走船员、部队和高级技工，把剩下的人扔在这里自生自灭。”

“你是说，人？”罗丝问。

“我就是说人。基地周围建立了一套完整的民用基础设施，还有机修工、厨子、渔民和农民。他们的生活全都仰仗码头和军队。”

“然后军队撤离，留下他们……留下他们干什么？”博士问。

莱文耸耸肩，“就是丢下了。我可不觉得他们看见军队回来会夹道相迎。”他远眺码头边上，一群黑色小点，也就是那些村民，渐渐聚集在两名士兵周围。

“那些潜水艇呢？”杰克问，“你说它们本应该被拆除并正式停用，对吧？不过刚才你又提到辐射。”

莱文点点头。这伙计一点儿都不蠢。虽然在情报机构工作并不一定保证人很聪明，但这人明显能动脑子思考。“彻底关闭核反应堆实在太花钱了。过去十年间，我们‘正式停用’了大约一百五十艘潜水艇，但没有拆除任何一艘的反应堆。”

“哦，太棒了。”罗丝沮丧地长叹一声，呼出一口雾气，“你想说，底下有不知道多少艘潜水艇，里面还都装着运转情况堪忧的核反应堆。”

莱文浅笑了一下，“十五艘。”他等三人彻底消化了这个消息后，又补充道，“当然，还不能忘了潜水艇上的导弹。”

正如莱文所说，索菲亚·巴林斯卡是整个社区里唯一公认的权威，也是少数几个拥有交通工具的人之一。她那辆破旧的四轮驱动车极不情愿地尖叫着停在石头旁，车门打开时发出吱吱嘎嘎的声音。她瞪了一眼莱文和他的手下，又对博士和他的朋友们皱起眉，再看向被毯子盖住的尸体，随后摇了摇头。

“你该庆幸我车里还有汽油，”她对莱文说，“搭便车就免了。”

“我很惊讶你竟然还有汽油，是从研究所搞来的？”

她嗤笑一声，“还能是哪儿？还有谁知道我们在这里？”

罗丝惊讶地看到莱文对这个女人皱起眉，仿佛有什么不对劲。不过对罗丝来说，她看起来挺正常的——尽管裹着一件厚外套，牛仔裤的裤脚塞进了厚重的步行靴里，可这个女人的身材很好，也很迷人。她的脸饱经风霜，看上去疲惫不堪，但罗丝猜测，她可能只有三十几岁。她把黑发盘在脑后，看起来严厉而专业。

巴林斯卡同样注意到了莱文的目光，于是瞪了回去，“上校，你有什么想法吗？莫非你要谴责我没穿制服？如果是这样，你得知道那身衣服不知道多少年前就烂完了。”

“抱歉，我觉得……我觉得我好像认识你。”

她吃了一惊，“你以前来过？”

“来正式停用潜水艇。”

“啊，但那已经是二十年前了，你认识的可能是我母亲。”

“家族事业？”罗丝问。

女警官转过来瞪了她一眼，“这是一个与世隔绝的社区，没人进来，没人离开。我们还能怎么做？”

罗丝看向一旁，“抱歉。呃，你母亲现在在哪儿？”

“土里。”她并没有表现出明显的情绪或过多感伤，而是对尸体点点头，“让我看看。”

瞥一眼就足够了。罗丝忍不住转过身，杰克也走到她身边。片刻之后，博士走了过来。

“别往心里去，”他对罗丝说，“他们毕竟受了很多苦。他们的痛苦已经持续了一年又一年，而现在……”

“她知道那是谁吗？”罗丝问。

“从衣服判断，她认为是昨晚走失的一个男孩，名叫帕维尔·瓦伦。他父母认为他溜出去见一个女孩了，谁知一夜未归。”

“那个女孩呢？”罗丝又问。

“嗯，也失踪了。她才十九岁。”他没必要刻意补充一句“跟你一样”。

两名士兵把尸体抬上巴林斯卡的汽车后备厢。那辆车就像是路虎和旅行车的混合体，当光照到后挡板时，罗丝才勉强辨认出那上面颜色褪尽的警车标志。那辆车看起来又破又旧，就像山谷里环绕码头的建筑一样。

莱文给士兵下了命令，他们很快便分散开来，缓缓穿过山崖顶端。

“他们去干什么？”罗丝问。

“找人。”

“我们该去帮忙，”杰克说，“有美人落难了。”

“美人搞不好已经死了。”莱文走过来说。

“即便如此，”博士说，“你也需要帮手。你手下有多少人？”

“现在？三十六个人，再加上我。”莱文没来由地问了一句，但罗丝能听出他很在意。

“那就是三十七个，”博士说，“加上我们就是四十个。”

莱文点点头，“你真是个上校？”他又转头问杰克。

“那当然，如假包换。”

“那你跟谢尔盖耶夫的小队一起去——他们正在搜索树林。博士，你和泰勒小姐可以跟科利莱克中尉一起走——他准备到研究所去。我要跟巴林斯卡谈谈，让当地人配合工作。”

“提醒她，”博士小声说，“他们可能需要你。”

莱文点点头，随后朝他们敬了个礼就离开了。

“好，那我到树林里去。”杰克说，“队友们，待会儿见。”说完，他便一路小跑跟上了前面的士兵。

积雪在树林边缘渐渐变薄。杰克越往里走，裸露的地面就越多，这使树林看起来比实际阴暗许多。枯骨般的树木都落光了叶子，看起来就像他瞥见的码头边锈蚀的吊杆。

谢尔盖耶夫用一道冷硬的目光招呼杰克，但杰克并没有费心告诉对方自己的军衔比他高，就算说了又有什么区别呢？他们可能什么也找不到，但十几名士兵还是分散开来，站成一排，动作缓慢而目标明确地穿行在昏暗中，个个都举着步枪，枪口指向地面。

杰克从他们的动作就能看出，这支队伍受过良好的训练——时刻警觉，从容不迫，没有流露出一丝不耐烦，行进中随时查看两边队友的情况。

太无聊了，这样不知得找到什么时候。杰克不知道这片树林有多大，但他可不想困在里面好几个小时。正如博士所说，那女孩可能已经死了，跟石圈里那个可怜的少年一样变成软胶状了。

少年？那具尸体看起来足有九十岁。

于是，杰克走在了所有士兵的前面。当超过他们时，他引来一阵啧声和几道怒视。他微微一笑，挥挥手表示自己根本不在意，随后便按照自己的节奏寻找起来。

他们寻找的那个女孩躺在那里，没有一丝动静，差点把杰克绊倒了。

她面朝土地，双臂前伸，戴着手套的双手死死抱住一棵树的根部，仿佛舍命也不愿松手。只是杰克松开女孩的双手时，发现她的手指并没有力量。杰克以为她已经死了，不过，在寂静的树林里，他听到了喘息声，能看见冰冷的空气中有一丝微弱的温暖气息。

“在这里！”他朝士兵们大喊。

不消片刻，所有人都赶过来了。几个人背对杰克和其他士兵，警惕着后方的情况，以防有人埋伏在这里。谢尔盖耶夫在杰克身旁弯下腰。一缕阳光穿过林子，照在士兵的脸上。杰克不禁想：他看上去顶多二十岁，真的，还只是个孩子。

“她还有呼吸。”杰克把女孩翻过来，让她脸朝上。她的发色很淡，接近白色。头发凌乱不堪，盖住了她的脸。杰克用手指轻轻拨开那些发丝。

谢尔盖耶夫朝他的佩带式话筒轻声说着话。当女孩的脸从头发下面露出来时，他突然没了声音。

博士说过，她才十九岁。从她的身形、头发、衣着，以及那双凝视他们的天蓝色的眼睛来看，杰克相信他是对的。只是，她干枯的脸上布满皱纹，饱经风霜。杰克正对着一张老妇人的脸。

2

他能看出女孩曾经的模样，能看出在这一切发生前，她拥有怎样的容貌。

“没事了，我们来帮你了。”

可是，她又该如何面对这一切——她知道自己变成什么样了吗?

没有回应，什么都没有。她连眼睛都没眨一下。杰克能看出她在呼吸——胸口在起伏，僵硬的双唇间还呼出了雾气。然而那双蓝眼睛却僵硬死板，呆滞无神，她满是皱纹的脸上没有一丝表情。什么反应都没有。他在女孩眼前挥了挥手，还是没有反应。

谢尔盖耶夫一把抓住杰克的手，对他摇了摇头，“她没救了，”他说，“我在战场上见过这种情况。当他们受到惊吓和精神创伤之后，你只能放任他们慢慢死去。”

杰克挣开他的手，扶着女孩坐起来。她没有反抗，但也没有任何配合的动作。女孩丝毫感觉不到他们的存在。

“这里不是战场。”杰克说。

“你确定吗？”谢尔盖耶夫招手叫来两名士兵，让他们扶起女孩。

她站在原地摇晃了一会儿，然后似乎才想起来该如何保持平衡。士兵们带着她向前走——最初那几步显得僵硬而拖沓。

“你们动作太快了。”杰克对他们说。他代替了其中一名士兵，手臂紧紧搂住女孩的背部，动作轻柔地带着她向前移动，“加油，你能行。”他在女孩耳边呢喃。

没有任何她能听见的迹象。这女孩到底经历了什么？杰克目前承受住了女孩的全部重量，另一名士兵只好退到一边，看向谢尔盖耶夫。谢尔盖耶夫朝他点了一下头。

“我们把她带回石圈吧。”杰克说。

“他们已经在石圈那儿等着了。”谢尔盖耶夫答道。

莱文征用了索菲亚·巴林斯卡的汽车，这让她丝毫不打算掩饰自己的恼怒。一名士兵坐在驾驶席上，索菲亚则靠在一块立石上，叼着一根细香烟怒视着他们。

博士、罗丝和其他队伍比杰克和谢尔盖耶夫的小分队先行一步返回石圈。在他们把尸体运走之前，谢尔盖耶夫的消息传过来了。

“我们准备把尸体运到研究所去，”莱文对博士说，“我情愿让那里的医疗官检查一下，也不想依靠村里的庸医。”

“你觉得村里没有像样的医生？”罗丝问。

“就算有，也早就走了。”莱文说，他边说边看了一眼索菲亚。

罗丝不禁猜测他会如何评价这位警官的能力。罗丝想，她应该是在这里长大的人——那她是否受过良好的训练，或者任何训练呢？

一名士兵远远地喊了一声，抬手指向树林。罗丝看到另一支小队的踪影了。他们在雪地上留下一串深色的足迹，杰克就走在队伍的正中间。他一直把一个年轻女人搂在身边，她的身体几乎全部靠在杰克的身上。队伍靠近后，罗丝又看见杰克在对她说话，鼓励她迈开每一步，仿佛在教刚开始学走路的小孩子。

只不过，当队伍再靠近一些，罗丝发现女孩有着一张老妇人的脸。女孩踉跄了一下，差一点儿跌倒——还把杰克也拽了下去。他吃力地找回平衡，又一次搂着她走了起来。

“你们快去帮他啊！”罗丝大声喊道。难道他们担心女孩会传染还是什么的吗？

莱文和两名士兵跑过去帮忙，可杰克把他们吼到了一边。好吧，难怪如此。于是，罗丝自己跑了过去，身边还跟着博士。

“别硬撑了，”她劝杰克，“你都累坏了。”

杰克用空着的那只手把她推开，但博士却趁机轻柔地接过了女孩的身体，“我知道，”他轻声说，“她必须自己来完成这件事，或者尽她所能。没关系，真的，没关系。”他这句话可能是说给杰克听的，也可能是说给女孩听的。

杰克极不情愿地让博士接过女孩，但他并没有走远，还向周围发问："这女孩是谁？她叫什么名字？"

索菲亚·巴林斯卡回答了他。只见她从倚靠的立石上撑起身体，弹开手上的烟蒂，说："她叫瓦莱里娅·玛门托娃。"女警官说完便在胸前画了个十字，嘴里还念念有词。

"她怎么了？"罗丝问。

博士和杰克扶着瓦莱里娅，让她靠在索菲亚刚才倚靠过的立石上。杰克还喘着粗气。

"我猜她的遭遇跟帕维尔少年一样，只不过没那么严重。"博士说。

"什么东西能做这种事？"杰克问。

博士没有直接回答，而是转向索菲亚，"你怎么想？"

她耸耸肩，"某种疾病或感染。"

"嗯，好吧。"博士点点头，"你的真实想法是什么？"

她转过来对上博士的目光，"尸鬼。"然后她气愤地哼了一声，不屑一顾地摆摆手，"我又知道啥呢？"

"你得跟我们去趟研究所。"莱文对她说。

"如果我非得去的话。"

"我不能强迫你，"他说，"但我在提出请求。"

"那好吧，但必须由我来开车。"

她走向汽车，打开驾驶室门。过了一会儿，里面坐着的士兵走了出来。

“我们把她扶到车里去吧，”博士对杰克说，“那个科研基地的人说不定能帮上忙。”

“说不定帮不上。”

“她说的尸鬼是什么意思？”罗丝问，“难道只有我一个人没听懂？”

“尸鬼是俄罗斯民间传说里的生物，”博士解释道，“就像吸血鬼。外表是位年轻而美丽的女人，但实际上是个古老而邪恶的怪物。”

罗丝拉开后座门，让杰克把女孩扶进去。瓦莱里娅布满皱纹的脸上依旧没有表情，她双眼无神地盯着前方。

“所以呢？她觉得这可怜的女孩被吸血鬼啥的袭击了？”

杰克没有回答，而是爬进车里坐到瓦莱里娅身边。

“我是不是错过了什么？”罗丝追问道。

博士带她走开几步，然后才说：“也有可能，她觉得这可怜的女孩就是吸血鬼。”

基地内设有医疗室，但没有医生。

“这儿只剩下我们四个，”研究负责人解释道，“我们应该庆幸这里还有创可贴，人手就别指望了。”

研究负责人叫伊戈尔·克列巴诺夫，他有一头深色短发，虽然嘴上一直抱怨这里环境艰苦，但是体型却在往圆胖发展。

四位成员聚集在小医疗室里，见到外人显然很高兴。一个有着稀疏灰白头发的高个子男人做了自我介绍，说他叫亚历克斯·米宁，“我不是科学家，”他抱歉地说，“只是留下来做些行政工作。”

“因为他不是科学家，他们就没有调走可怜的亚历克斯。”克列巴诺夫补充道，“鲍里斯和凯瑟琳都只在这里实习了两年，这是他们大学课程的一部分。”

“像猴子一样瞎胡闹罢了。”鲍里斯·布罗茨基咧嘴笑着，仿佛在开玩笑。他看起来二十五六岁，一头红发，满脸雀斑，好像不知道如何收起笑容。罗丝注意到，亚历克斯·米宁瞪了他一眼，仿佛鲍里斯的笑话在暗指自己。鲍里斯咳了两声，补充道：“两年已经足够长了。我一点儿都不留恋这里，也不明白你为什么要留下来。”这句话他是对克列巴诺夫说的，可罗丝还是觉得他在挖苦米宁。

“我不喜欢把事情做到一半就扔下不管。早在冷战时期我就到这里了。”克列巴诺夫对新来的人解释说，“他们差点儿关闭这座基地时，我是这里的首席科学家。”

“那你来的时候一定很年轻。”博士说。

“或许我比你想的要老？”

“或许我也是。”博士调侃道。

两个男人的调笑让罗丝感到无聊，她便走到一边找基地唯一的女性聊天。凯瑟琳·科尼洛娃告诉她，自己是个成年学生，正在准备考取原子核物理学的高等学位。

“所以你跟这些潜水艇待在一起应该挺自在的。”罗丝猜测道。

她浅笑一下，“完全相反。我知道这里有多危险，而且跟鲍里斯一样，我迫不及待想离开这里。我只希望自己能找到另一份工作，否则就会像可怜的亚历克斯一样困在这儿了。”

“他就不能调到别处去吗？”

“也许可以。”凯瑟琳耸耸肩，“他曾是这里的行政官员。有这个记录留在档案上，调工作很难。不过我有时想，他要留下来其实更难。”

“为什么？”

“因为当时在这里的人——应该是除了我和鲍里斯以外的所有人，都知道他是谁，他做过什么事，他如何监视并报告所有人的一言一行。为此，人们很讨厌他，连克列巴诺夫也讨厌他。我感觉鲍里斯也一样。”

罗丝看向亚历克斯·米宁，发现他正看着自己。两人目光对视了一会儿，随后，高个子男人移开目光，捋了一把稀疏的头发，假装自己没在观察她俩。

“好了，”博士拍手宣布，“所有人都出去，我需要安静一些，好检查病人和尸体。”

罗丝突然回过神来。她跟凯瑟琳说话时，几乎忘了房间另一头被单底下的那具尸体，而那个心智空虚、身体衰老的女孩也安静而无助地坐在旁边。

莱文打了个手势让手下的几个人出去。其他人大部分都已经被他派去巡逻村庄或守卫基地了，尽管没人问究竟要防备什么。还有几个人正忙着从基地仓库里搬器材。

谢尔盖耶夫离开时停了停，转头看向站在瓦莱里娅身边的杰克，“我猜那位上校喜欢老女人。”他对身旁的士兵说道，他们大笑着转身准备离去。

可是杰克瞬间便穿过了房间，一把抓住谢尔盖耶夫的肩膀把他的身体掰了过来。杰克的眼中怒火中烧。

“长官？”谢尔盖耶夫说，“我猜我应该管你叫‘长官’，尽管你来自情报机构。”

他丝毫不掩饰语气里的嘲讽。整个房间突然安静下来，罗丝紧张地咽了口唾沫，希望杰克不会在意，但她心里很清楚他绝不会轻易放过这件事。

“对，你得管我叫‘长官’。”杰克竭力控制着他的语气，“你还得表现出一定的尊重。”

谢尔盖耶夫露出微笑。他看了看周围——罗丝猜他在确认莱文是否已经离开了，“哦，我好害怕啊，长官。”

杰克也露出微笑，但眼神依旧凌厉，“知道我害怕什么吗？”

“一切，长官？”

杰克没有理睬他，“我曾以为自己害怕死亡，或害怕面对死亡——战斗与行动充满危险，而战场上一切又那么未知。但现在已经不是了。现在让我害怕的是老之将至的可能性。我害怕有一天醒来发现自己疲惫而虚弱，连一罐啤酒也打不开；我害怕自己可能需要拐杖和助听器，连穿衣服都需要别人帮忙。如果真的活到那一天，我只能靠回忆支撑我的生命。我经历的千辛万苦，渡过的无数难关，将成为我活下去的唯一动力。你想变老吗？”他戳着谢尔盖耶夫的胸口问道，“你想沦落到只能用回忆来填补枯萎的身体吗？”他指向房间另一头，“看看她，仔细看看！她已经遭遇那样的不幸。她才十九岁，却几乎无法独立行走。她应该展望漫长的人生之路，而不该注视着终点，思考自己为什么遭遇不幸。假设她还能思考的话！”

谢尔盖耶夫没有回答。

杰克又盯着他看了一会儿，随后转过身，“出去，”他说，“趁你还能动，找点儿有用的事情做。”

在一阵尴尬的沉默中，其他人跟着谢尔盖耶夫慢慢离开了房间。克列巴诺夫停下来拍拍杰克的肩膀，仿佛想说他都懂，“你需要什么尽管拿就好。”他又对博士说，“如果还要别的，就跟亚历克斯说，他会想办法。”

很快，房间里就只剩下博士、罗丝和杰克，还有瓦莱里娅。

基地本是为安置五十位科学家和他们的设备而建的。现在却只剩四个人，这里基本上等同于空置。莱文找到几间堆满了文件柜的大储藏室，亚历克斯·米宁介绍说，柜子里装着基地全面运行且资金充足时期的所有记录，从工资明细表到器材申购单，再到这座建筑的原施工图纸。

米宁建议士兵们驻扎在会议厅，因为那是这里最大的房间。莱文征用了一间办公室作为指挥部，它和会议厅就在同一条过道。除了身上的装备，他没什么东西可以放在指挥部里。但他让米宁拿来了几沓纸和一些铅笔，还有一张该地区的大比例图。

半小时后，博士找到了他。

“你完事儿了？”莱文朝博士挥挥手，让他坐在办公桌对面，“挺快啊。”

“我不是医生，只是做了简单检查。”

“所以你没有任何线索能告诉我。”

“我能告诉你这里为什么没有圆珠笔，”博士朝莱文把玩的铅笔点点头，“因为墨水在冬天会冻结。”

“那么我很高兴现在还是秋天，而且我也不打算在这里待到冬天。”

“你觉得届时肯定能完成任务？”

“我只是过来调查能量波动的。一旦找到线索，我们就可以离开了。即使找不到线索，我们也会走。这条人命，还有那个可怜的女孩——都与我们无关。”

“你确定？”

“你不确定吗？”

博士靠在椅背上，双腿交叉。这人很奇怪，莱文不止一次这么想。如果能接通电话，他会联系莫斯科的人，查查此人到底什么背景。不过他出示的文书资料毫无问题，似乎上头有人十分器重他。于是莱文说：“说来听听。”

“死掉的孩子——变成了软胶状。正如我们想的那样。”

“那可不是医学术语。”

“但很准确。死者体内所有能量都被抽干了，连骨头都溶解了，里面的钙质似乎也被吸走了。女孩也一样，只不过情况没那么严重，我猜她的骨骼已经非常疏松脆弱。也许是吸收女孩能量的那个过程没有持续太久，有什么事打断了它。”

“可那是什么造成的？”

“我还以为你不想知道呢。”

“在工作层面上我不感兴趣。”

“那你应该感兴趣。”

“哦，是吗？”

"噢，是的。你想想，那两个孩子的能量都被吸干了。"

莱文有点儿厌倦了，"所以呢？"

"所以……"博士把腿放下来，身体前倾，"你自己想想，那些能量都去哪儿了？"

莱文总算明白了，"能量波动？可是区区两个人类——其实只能算一个半，怎么可能释放出那么多能量？"

"嗯，确实不能。"

"所以他们并不是能量源。"

"是能量源，但并非全部，肯定还有别的。"

"正如我所说，那是另一个不相关的能量源。"莱文说完往椅背上一靠，暗示谈话结束了。

"也许吧。有可能是，也有可能不是，只是有些东西我们还没找到。"

莱文感到浑身发凉——甚至比刚才更冷了，"比如……"

博士点点头鼓励他说下去。

"比如更多的尸体。"莱文说。

基地有两辆吉普车，应该说，是两辆笨重的俄式吉普车。杰克要找个司机把他和瓦莱里娅送回村庄，便点名要了谢尔盖耶夫，尽管他自己也不明白为何要这么做。

送走女孩让杰克松了好大一口气，这让他暗自愧疚。没错，他是很心疼她——任何人都不应该经历她这样的遭遇。可女孩并不能感知到这一切。她受到的伤害已经结束了，杰克现在也帮不上什么忙。最好还是把她送回家，让她的父母来担心这一切，并把她照顾好。

他可能想让谢尔盖耶夫目睹他送走女孩，让他知道他俩能合得来。随后，莱文同意让杰克帮忙把队伍组织起来，用盖格计数器采集读数。杰克跟一动不动的女孩坐在吉普车后座上，心里感慨扮演情报人员真轻松。

索菲亚·巴林斯卡同意把博士拉到石圈那里去。

“我就想看一眼，”博士说，“罗丝也想看看村庄。对不对，罗丝？”

“还有这回事？”

“当然有。”

于是他们坐上了索菲亚的大车，通过一条不怎么长却格外颠簸的路前往山崖顶端的石圈处。

“我为啥想看看村庄？”罗丝问。

“你就四处走走，问几个问题。我可说不好，说不定能问出点儿什么？”

“那问什么？”

“你也得把这个给琢磨出来。”

“关于死人？”

“我认为这种事儿不是第一次发生了，而我们出现在这里也并不只是机缘巧合，明白吗？”

“明白了。”罗丝并不太确定。

“不管怎么说，那总归会很有趣。”

“哦，真的？”

“真的，罗丝·泰勒——特别调查员。”

“这是什么头衔啊？”她笑着说完，脑中又闪过一个想法，“喂，他们怎么不觉得我名字很奇怪？这听起来可不怎么像俄国人，是吗？”

“就像你能听懂他们说的话，却不知道他们怎么说的一样。塔迪斯帮你搞定了一切。”博士压低声音解释道，“你听他们说的是英语，他们听你说的是俄语，包括你的名字。反正不会显得奇怪。”他们快到石圈了，巴林斯卡把车拐了一大圈，慢慢减速。

“你的意思是，我可能叫罗丝茨卡·泰勒罗夫什么的？”

“别看我，我可能叫博司斯基呢。”

罗丝想了想，忍不住又笑了起来。

此时博士已经打开车门往外走了，“过会儿见。”

“在哪儿见？”

他耸耸肩，“附近。”说完，博士就把车门关上了。

“喂，等等。”罗丝对索菲亚说，“我跟你坐吧。”说完，她从后座爬到前面，在副驾上坐了下来，“谢谢你载我们这一程。”

索菲亚只是瞥了她一眼。不过她的脸上头一次露出了一丝友善的微笑。

他没想错，送走女孩是件好事儿。杰克很高兴一切都结束了。他对谢尔盖耶夫调侃了几句，但俄罗斯士兵并不想搭理他。

“那个，刚才我不该那样训你。我今天过得很糟糕，你肯定也一样。不过现在一切都解决了，对不对？”

谢尔盖耶夫点点头，但没有看他。

“好伙计。”杰克露齿一笑，“那我们就上路吧？”

只不过，在开去与其他小队会合的路上，杰克还是忍不住回想起给他们开门的那个男人。那人把面无表情、一言不发、满面沧桑的女孩领进屋里。他的脸远比真实年龄要苍老许多，这里的恶劣气候和艰苦生活给了他那副面孔。那是一张刚刚失去了所有生活意义，整个人生都遭遇颠覆的脸。

那是一个失去了希望、也失去了女儿的男人。

3

整艘潜水艇充斥着铁锈、机油、海水和柴油的气味。尼古拉·斯特雷斯涅夫设好校准器，竖起耳朵倾听旧发电机略微有些改变的音调。所有仪表都不工作了，所以他只能凭声音来判断。

很久以前，他还会拉拉小提琴。不过，琴上的最后一根弦好多年前就绷断了，而他根本找不到替换零件。坐在发电机旁边湿冷的金属地板上，他好像时常能听见音乐声在旧潜水艇潮湿的通道里回荡。但今天没有。今天他只能听到外面隐约传来呼啸的风声。如果是东风，风会吹向指挥塔，顺着敞开的舱门口灌进来。要是外面刮起暴风，整艘潜水艇就会摇摇晃晃，翻滚起伏，而尼古拉就算待在发电机舱里，也能感觉到风穿过发间。

可是，他不能关闭身后的舱门。首先，它已经锈死了——在海水长年累月的作用下，舱门的铰链全部变成了一堆锈铁。其次，控制系统的主电缆全都得通过舱门口延伸出去，接通村庄的电力系统。码头已经关闭，军队也撤离了，原来的发电器材已经全部老化故障，无法再使用。最后这台柴油发电机也命不久矣，尼古拉不禁想，今后该怎么办？有的村民建议换一艘潜水艇，然而这是他们最后一艘柴油动力潜水艇——别的全是核动力。那或许能行，甚至有可能安全运转。但尼古拉已经明确表示，那活儿他们得找别人干。

村庄里只有两个地方能称得上暖和，这里是其中之一——紧挨着正在运转的发电机。另一处就是码头附近的小酒馆。那儿原本是港务长的办公室，现在则集小酒馆、社区中心和市政大厅于一体。

所以，当他拿起酒壶，发现最后一滴灼人的伏特加也已经喝光后，他没怎么犹豫就决定了下午的去处。他挠挠耳朵——动作急躁得像被跳蚤惹恼的狗。发电机运转正常，里面装满了柴油，可以独自工作到晚上。于是他站了起来，走向狭窄的通道，低头小心躲过裸露的管道。墙上的铁锈成片剥落，舱顶时刻在漏水。形势不容乐观，就看谁先完蛋——是发电机，还是整艘潜水艇的框架。

尼古拉顺着梯子向上爬到舱门口探出头，冷风吹着他的脸。天上飘着大片雪花，打着旋儿懒懒落到地上。他能听见其他潜水艇周边微弱的风声，以前他觉得那就像人鱼在唱歌，而现在，他根本不会去理会了。

只是今天不太一样，风里还有点儿别的动静。他停下来侧耳倾听，想搞清楚到底有什么不同——那是一阵蜿蜒滑行、窸窸窣窣的声音，仿佛有人在潜水艇另一头的冰面上拖着一个又重又湿的东西。可当他穿过指挥塔，探出身体想看个究竟时，却发现那里空无一物。只有破碎的薄冰，和几近冻结的海水轻轻撞击潜水艇锈蚀的表面。大块碎冰碰撞着潜水艇，整个海湾就像一大杯加冰的伏特加。

尼古拉带着那个想法下到甲板上，一跃跳上码头，穿过废弃的潜水艇、起重机和吊杆，朝小酒馆走去。

从石圈走回科研基地的路途令人愉快。研究所又矮又丑，全部由混凝土筑成——博士想：像这样的地方，正是那些身穿笔挺白大褂，忙着培养极度危险的生化武器，或以科学的名义让可怜的小豚鼠遭受辐射的人该待的。

当博士信步走进大院大门时，两名士兵同时立正。他忍住了敬礼的冲动，对他们咧嘴一笑。

他和两名守卫在门口又上演了同样的动作。门口这扇门格外夸张，是一整块打满铆钉的厚重金属，“那玩意儿肯定能挡住一枚核弹爆炸。”博士戏谑道。不过他很快想到，这扇门可能不是为了把讨厌的东西挡在外面，而是关在里面。

克列巴诺夫正在看起来像是主实验室的房间里独自工作。博士走进去时，他刻意站到了工作台对面一排试管和烧瓶前。

“我还以为你是个物理学家呢。”博士说，“你怎么不穿白大褂？”

“我们这边没那么多规矩。”克列巴诺夫警惕地回答。他明显把博士当成了威胁，且极有可能是政治上的威胁。

“我不是来关闭基地的，所以你不必担心。我也不打算窃取你的研究成果，不管那究竟是什么。”

“我是个跨学科专家。”克列巴诺夫回答。

“典型的科学家。”博士调侃道，“时刻准备着反驳。”

克列巴诺夫没有笑，可能是塔迪斯在翻译过程中漏掉了笑点。

博士继续道：“我在找显微镜，最好是扫描电子显微镜[1]，如果能附带伪量子功能就更好了。”他没有得到回应，“有七彩炫灯的那种。”

“去找米宁，”克列巴诺夫对他说，“他负责物资供应。”

“还有行政。”博士补充道。

“还有猴子。”

“什么？”博士转过身去看是谁在说话。

原来是鲍里斯·布罗茨基。他站在门口，笑了一下，“开个玩笑，他应该在办公室里。”

“谢啦。”

布罗茨基给博士指了路，克列巴诺夫则转身重新对着他的烧

1. 扫描电子显微镜是一种电子显微镜，通过聚焦电子束扫描样品表面，从而在荧光屏显示反映样品表面各种特征的图像。

瓶和试管。

博士自己也有一根试管，里面装着他费了九牛二虎之力从某块立石上抠下来的一小块东西。那东西看起来就像嵌着石英脉的石块，或许真的就是那样，总之一台显微镜就能给他答案。博士一边摇晃试管来吸引米宁注意，一边走进他的办公室。

亚历克斯·米宁站在办公桌旁，全神贯注地看着一本摊开的文件夹。他翻了一页，抬起头，犹豫了一会儿，还是把文件夹合上了，“找我有事吗，博士？”

“你听过伪量子显微镜没？”

米宁摇摇头，“我不是科学家，没听过那种东西。”

“我也没听过，”博士承认道，“而我是个科学家。所以如果有人管我要这么个东西，我会让他们别胡闹，而不是打发他们去仓库里找。”

一阵短暂的沉默后，米宁说：“抱歉，你刚才说什么？我有点儿……”

“忙？”博士点点头，走到办公桌旁看了几眼文件夹旁边的纸张——全是申购单和采购单，“管理这地方肯定得花不少时间吧。就三个成员，再加上你，你们没有应急供应，毕竟没人愿意送过来。打扫卫生就会花很多时间，对不对？”

米宁眯起眼睛，“没人在意这会花多少时间。因为我们得吃饭，还需要衣服和燃料，对，甚至需要刷子和拖把。我们需要的东西多得惊人。”

“对，我猜保持平衡才是最困难的。既要申请到足够的物资来维系村民生活，又不能引起过多关注。克列巴诺夫知道这事儿吗？”

米宁的惊讶变成了一声嗤笑，“他什么都不知道。”

“你可能说对了。不过，跟我说说——你为什么如此不受欢迎？”

米宁脱下外套把它挂在椅背上，然后坐了下来。博士把仅剩的另一把椅子上的书本清走，也坐了下来。那些书本好像是航海日志，已经相当陈旧，这有点耐人寻味。

“以前，我是这里的行政官员，我的工作就是确保每个人乖乖守规矩。如果有人擅自泄露自己的工作内容，或跟无关人士在一起，甚至有人在唱颂歌时打了个喷嚏，我都必须上报。当然，他们暗地里都恨死我了，只是不能抱怨，因为我会把他们的抱怨也报上去。”

“现在，他们开始明目张胆地怨恨你了。”

“换作你，难道不会吗？”

他拉开一个抽屉，拿出两个小杯子和半瓶伏特加。当他把手伸进抽屉时，博士发现他袖口下露出了一个深色的印记——好像是文身的边缘。

“那你为什么还留在这里？”

“没人希望我回到莫斯科。把我扔在这里并抛诸脑后，对他们来说更容易些。更何况，我除了辜负同胞的信任，也没有别的技能了。”

“哦，别这样贬低自己。”博士接过那杯透明液体，仔细查看了一番，“意气消沉、后悔莫及、灰心丧气，这些你有吗？”

“这些我都有。”米宁承认道。他一口干掉伏特加，酒辣得他眉头直皱，“我曾想当老师。”他低声说。

“人人皆可当老师。”博士举起试管对他说，“我想研究研究这玩意儿，所以需要一台显微镜。越大越闪越好。”

“应该没问题。”米宁拿起酒瓶，犹豫了一会儿，还是把它塞回了抽屉里，“博士，你来这里干什么？”

“要显微镜。”

“我不是指这个。”

“我知道。”

“所以呢？”

博士耸耸肩，“不知道。跟你一样，我对历史感兴趣，也想来帮忙。”

“历史？你怎么会……”米宁恍然大悟，“啊，你看到航海日志了。”

“还有地图、笔记本，以及你不愿意让我看到的文件。”

“我用这些来打发时间。”米宁承认道，“自从来到这里，我就开始研究诺瓦罗斯科的历史。因为我需要一个避世之所。”

“有意思吗？”

“挺有意思的。”米宁的脸上好像恢复了神采，他一下充满了热情，还从桌子对面探过身来，“海军进驻之前，这里是一座古老的捕鲸站。现在还有一些村民的祖先可以追溯到曾经定居在这里的捕鲸人。或者说，要是他们有那个心思，还是能追溯的。”

“各种乡土色彩，各种地方背景。”博士说。

米宁点头赞同。

“各种当地传说？”

米宁僵住了，“啊，原来你知道。”

“现在我知道了，刚才只是猜测。巴林斯卡跟我提起过尸鬼。”

米宁站起身来，一只手捂着嘴，仿佛要把脱口而出的话堵回去，“那只是个传说。”他终于开口道，“每个像这里一样孤立而古老的社会都会孕育出那种传说。其源头或许是一些事实或一些事件，可能是一场不幸的事故，或难以解释的死亡，而人们想要让它有个说法。”

“继续。”

“当地人相信，半岛上的某个地方存在着尸鬼。那是一种类似吸血鬼的怪物，但看起来更像塞壬——外表是年轻美丽的女孩，它会诱骗不够警惕的人，吸干他们的生命能量以永驻青春美丽。而它实际上又老又丑……”

“所以瓦莱里娅的遭遇让大家吃了一惊，传说成了现实。”

“他们知道那只是个传说。”米宁反驳道，“他们曾经在这里服务，维护着世界上最先进、最危险的武器，如今则眼看着那些东西渐渐锈蚀。他们并不相信那种怪物的存在，因为他们知道发生的事情一定有合理的解释，只是尚未有人找到而已。”

博士等着他继续开口，但米宁好像已经说完了，还坐了回去。

“那是他们的想法，还是你的想法？”博士问道，“如果那只是个传说，而这场惨剧只是个无关的意外，那你的文件夹里装了什么？”

米宁没有回答，而是拿起文件夹放在手里掂了掂，随后推到博士面前。

“这是基地正常运行时收到的验尸报告和宪兵报告。他们发现一具耗尽所有能量的尸体，连骨头都化作烂泥。”米宁又说，“里面还有再往前二十年的地方警察记录。”

博士打开文件夹翻查资料，里面有一些手写报告的影印本和账册页面。还有一张陈旧发黄的电报。

“这是一些原始传说的记录。有捕鲸人给他在圣彼得堡的妹妹写的一封信，信中提到了一八二七年的一起死亡事件。有记载着其他各类报告以及说明的地方志和日记。还有一页潜水艇航海日志，以及留下那份日志的愚蠢舰长的调任命令。”

博士拿起一张打印出来的资料。从字迹上看，打印机几乎没墨了，“这个呢。”但博士并不是在提问。

“对，还有那个。两年前发生过同样的事，索菲亚·巴林斯卡当时提交了那份报告。当然，它跟其他资料一样被忽视了。”

罗丝一路上都想跟索菲亚·巴林斯卡聊聊天，却发现她的心思明显放在别的地方。罗丝猜不出是因为成群结队的士兵和他们三人的突然到访，还是因为两个年轻人遭受的无法解释的伤害。她猜两边都沾一点儿。

“你是在这儿长大的吗？”她又尝试了一次。

“在这个地方，你刚出生就已经长大了。”索菲亚回答。

好吧，这至少是个开端。

“我猜这里的生活一定很艰苦吧。”

这句话换来一撇斜视。汽车开到两块水泥路面的接缝处时颠簸了一下。这条路仿佛已经被废弃，任其自生自灭。破碎的路面上钻出杂草，没有任何划线和行车标志。

“你可以离开啊。”罗丝小声说。她的语气里充满挫败感，她感觉自己有点儿站着说话不腰疼，因为她甚至都没生活在这里。

“我会搭上下一班火车。”索菲亚的声音不带一丝感情。

“这里有火车站吗？”

“没有了，最后一班火车二十年前已经离开了。”

“哦，对啊……我们这是要去哪儿？”

索菲亚总算转过头来正眼看她了，而且一直盯着她，任凭汽车在损坏的路面上颠簸，这让罗丝开始担心她们的安全，“先去警察局，也就是我家，去查看信息。然后我得通知帕维尔的父母。”她说，“两件事结束后，就算你不需要，我也得来杯酒。”

博士扫了一眼解剖报告，又翻了翻别的资料，然后把文件夹还给米宁。

“你不打算看完全部资料吗？”

“我已经看完了。”

“然后呢？”

“然后我想，你得挖一具遗体出来重新检查，以便确定死因是否一致。”

“看描述挺一致的。”米宁把文件夹放回办公桌的抽屉，“你不能未经允许就跑去挖以前的尸体。至少要得到巴林斯卡和死者家属的同意，否则就是违法行为。”

“难道吸干一个人的骨血和生命不算违法？”

米宁叹了口气，“你知道我的意思。”

“我知道。好了，显微镜在哪儿？”

米宁让博士去找凯瑟琳·科尼洛娃，并向他保证里面就有一台强力电子显微镜。凯瑟琳的实验室在基地的另一头，博士得沿着大楼最外围的通道走到那儿去，因为这里的布局很奇怪，并不存在贯穿中央的通道。

当博士到达时,凯瑟琳正坐在工作台前对着笔记本电脑打字。他在门口看了一会儿，然后才走进室内。凯瑟琳看上去二十五六岁，她把深色头发束在脑后，身上披着一件白大褂。她戴着一副系着细绳的眼镜，这样当她不用时，可以把眼镜挂在脖子上。显然，这是个理智又务实的女人。

“全套现代化设备。”博士观察道。

她没有抬头，“不敢说是最新型号，但都能用。”她打完整句话，才抬起头露出微笑，“博士，你有什么需要我帮忙吗？”

“我来请求使用一下显微镜。”

“请自便。”她朝房间一侧工作台上放置的仪器点点头，“正如我所说的,那也不是最新型号,但是能用。你要显微镜做什么？”

“想看看这个。”博士举起试管，里面有颗小石块，“我从一块立石上抠下来的。”

“花岗岩，内嵌石英。”

“你确定？”

“看起来像。”她合上笔记本电脑，走到显微镜旁边，“需要帮忙吗？”

“谢谢。”

“事先声明，我是个生物学家，不是地质学家。”

“真的？”博士放下石块样本，“那你跟我说说猴子的事吧。”

凯瑟琳只犹豫了一小会儿，但那依旧算是犹豫，“这里没有猴子。”

“哦？”

“从未有过。”

“真的吗？那鲍里斯和其他人为啥总是提起这个？”

“他们在调侃亚历克斯。我真希望那些人别去烦他了。来，让我来吧。”

她接过石块样本，开始制作玻片。只见她拿起一把解剖刀，从上面刮下表层以便观察。

“那是个什么笑话？”

“他们在数落亚历克斯的迂腐，因为他总是追在那些人身后，要他们填表、按时提交报告，还要求格式正确。其实我觉得那无所谓——因为他是对的。只要我们露出任何破绽，莫斯科那帮小丑就会开始作怪。可是克列巴诺夫和鲍里斯，还有记得往事的村民们，他们都痛恨亚历克斯。我听说甚至闹出过人命，有人自杀了。所以他们才会走到哪儿都不忘把猴子挂在嘴边，你说是不是这样？”

“是这样。”博士看着她调节旋钮。屏幕上跳出了图像——来自她刚才从石块样本刮下来的表层。那东西看起来坑坑洼洼的，就像月球表面，“那些猴子是怎么回事？”

“在我和鲍里斯来之前，亚历克斯似乎发现了一些申请活体样本的资料。他气疯了[1]——请原谅我的措辞。”她被自己说的话逗乐了。

“一个伦理观极强的人。”

“哦，我不认为他真的关心猴子。他生气是因为资料都通过了，猴子的经费已经从预算中扣除了，可是基地里一只猴子都没有。没人送过来，甚至没人知道一开始是谁申请的，为什么申请。”

“生物武器研究，”博士说，“你是个生物学家，所以你应该能猜到他们要猴子来做什么。”

“我不是那种生物学家，”她反驳道，“我研究的是疫苗和抗生物制剂。”

“当然了，所以才要如此保密。”

“所以一切设备都是凑数的，一切人员也都是外行。”她回答，“不管怎么说，亚历克斯为那些并不存在的猴子大发雷霆，他们从此就不肯让他再忘记这件事儿。事情发生在切达金死去的那周，我猜有可能这就是原因。”

博士已经把注意力转向了屏幕，放大了图像，“对，有可能。”他感觉图像有点儿奇怪。所有人都以为石头里的杂质是石英……可这些东西一点都不像偶然形成的地层物质，更像是刻意嵌进基石里的，“你觉得这像什么？”

1. 原文为“went ape”，有“变成大猩猩”之意。

凯瑟琳耸耸肩，“说不清像什么。看起来有点儿像印刷电路。”

“我也有这个感觉。立石其实是硅晶片构成的？”他咂了咂舌，又调整了放大倍数，“那么，谁是切达金？”

罗丝坐在车里，尽管吹不到风，她还是觉得很冷。索菲亚已经开足了暖气，但并不足以驱赶空气里的寒冷。她们停在一辆大型杰西博挖掘机的后面。这是除了索菲亚这辆车以外，罗丝看到的第一辆车，而且它跟别的东西一样，陈旧不堪，布满锈迹。

她看着站在方形小房子门口的女警官。她正在跟一男一女——帕维尔的父母说话。罗丝实在不忍心目睹那个场景，可是很难移开目光。那个男人搂着正在哭的女人，自己脸上也没有血色。

然后索菲亚就回来了。她一言不发地开了一会儿车，最后总算开了口，“我要去小酒馆。”

“你说得对，我们得来杯酒。你得来杯酒。”罗丝拼命想说点儿什么，“小酒馆叫什么名字？”

“没有名字，就叫小酒馆。”

“好吧。你干这份工作一定不轻松吧？”

“轻松？通常这份工作都很无聊，轻松得不行。不过有些日子……”

“听到死讯他们是怎样的表情？”

“很糟糕。但在这个地方我们已经习惯了艰苦和死亡。”索菲亚双眼凝视着前方破碎的路面。码头边废弃的起重机和龙门架越来越近，在铅灰色天空的背景下形成了剪影，“瓦伦——帕维尔的父亲，他最好的朋友是切达金，所以这对他来说是第二次重创。”

“切达金怎么了？”

“死了。”她说。

她们沿着码头行驶时，已经能看到小酒馆了。那是一座四面见方的混凝土建筑，与周围其他建筑不同的是，它的窗户上透出了灯光，而不是钉着木板。

索菲亚的车在小酒馆门口的路中间停了下来。因为这里只有这一辆车，所以她能随便停在任何地方。这次，她选择把车停在一艘锈迹斑斑的潜水艇旁边。潜水艇的指挥塔穿过冰冷的海水，从码头边探了出来。

“他开枪自杀了。”夜幕开始降临，“他总是把自己的心里话而不是他应该说的话说出来。我们觉得那些话令人耳目一新，但也一直提醒他不要这样说话。所有人都提醒过他。”

她们走过去时，小酒馆里突然传出一阵笑声，与这座沉寂灰暗的废墟显得格格不入。

“发生什么事了？”

索菲亚走在罗丝前面，没有回头，“他接到命令前往莫斯科，第二天就要离开。他们派一架直升机过来接他。他不愿意面对那道命令，所以开枪自杀了。”

“可他们是怎么知道的？”这似乎与罗丝生活的世界完全不同——罗丝无法想象她跟博士在这个环境中能待多久，更别说她母亲了。

“还不是跟以前一样。”她毫不掩饰自己语气里的怨恨与愤怒，“亚历克斯·米宁告诉他们的。”

在码头另一端远离吵闹的小酒馆的地方，冰冷的海水轻柔地拍打着日益破碎的岸壁。这里的干船坞曾经用于整修潜水艇，检查船体薄弱部分和锈蚀情况，如今已遭海水淹没，再也没有用武之地了。一艘多年前就已生锈的潜水艇歪在水中，只能靠在旁边那艘潜水艇的深色外壳上。

更远处是一条狭窄的卵石滩，再往后是海湾边突出的山崖。浪涛拍打着山崖底部，一点点将其侵蚀。最终，海浪会带走大量岩石，让山崖上半部分崩塌到海中，使山崖边际更靠近石圈。

谢尔盖耶夫把杰克带到码头边小队等候的地方，他们分成三人小组，每个小组都拿着一台盖格计数器。

“莱文上校和博士都不认为这里发生了辐射泄漏，所以应该没有危险。”不等谢尔盖耶夫开口，杰克就抢先说道。这是他树立权威的好时机，“但我们还是要仔细检查，彻底排除辐射泄漏的可能性。”

“这里有大量背景辐射，长官。”一名士兵打开盖格计数器，马上就听见一阵咔嗒声，“目前还不足以担心，不过如果读数继续上升的话……”

“你们走了多远？”谢尔盖耶夫问了一句，同时瞪了一眼杰克。

“我们检查了码头这一侧的仓库和干船坞，不过船坞一点儿都不干。”

“潜水艇内部呢？”杰克问。

士兵们摇摇头。他们对探测潜水艇内部并无热情。

“我们可能不需要进入内部，”谢尔盖耶夫指出，“可以在船身外部获取读数。”

杰克想了想，“好吧。不过一旦出现超出背景辐射的读数，我们就要进一步检查，明白吗？”

几名士兵不情愿地点点头。杰克又重复了一遍：“明白吗？”

“明白，长官。”

“天快黑了，我们赶紧开始吧。”

天黑得很快。此时，若有人看到从水里爬出来的暗影穿过卵石滩，只会误认成是逐渐降临的阴影而不予理睬。若有人听见那东西爬上破碎岸壁的声音，只会误以为那是山崖下打在岩石上的海浪声。

可是，士兵们已经离开了，所以没有人犯下这些错误，没有人看见四处伸展窥探的触手，也没有人听见那东西沿着岸壁爬行时发出的满意的嘶鸣。

4

房间里很吵，还弥漫着烟味儿，犹如足球之夜的酒吧。当罗丝和索菲亚进去时，罗丝本以为这些人会告诉她“我们不欢迎陌生人”，但关于外来者的消息早已传遍了整个社区，所以这些人并没有因为她们的到来而震惊得说不出话，小酒馆里的嘈杂声也只是略略小了一些。当他们重新开始喝酒、聊天后，她松了好大一口气。

索菲亚进来时朝吧台后面那个壮硕的男人挥了挥手，然后把罗丝领到房间里面的空位上。片刻之后，两只酒杯和一瓶酒就砰地摆在了桌子上。

“那是真的吗？”酒保问道。他的声音又粗又哑。

“我说不准，”索菲亚一边倒酒一边对他说，“我觉得是。”

那个男人叹了口气之后走回吧台，一路顺手收拾着空酒杯和酒瓶。

“消息传得好快啊。”罗丝说。

“晚上船一回来，人们就没别的事可做，除了说长道短。”

“什么船？”

“渔船。就算海面结冰了，我们也能从港口最远端进入公海捕鱼。”

这就解释了这里的臭味。罗丝看看四周，不出所料，她发现好多人正在盯着她看。大部分是男人，也有几个女人。所有人都一脸疲惫。这是什么样的生活啊，她不禁想——起床之后，或是乘渔船出海，或是拎锄头下地，然后在这里喝得烂醉，再回家一头倒在床上。

“这里不会变暖和吗？”她问。

索菲亚指着酒杯——里面装着浅色液体，“把它喝下去就暖和了，或者多多少少能让你感觉暖和些。”

罗丝把酒喝了下去。她咳得喘不过气，逗得索菲亚哈哈大笑。很快，旁边一桌人也跟着笑了起来，接着是再下一桌，最后在场所有人都笑了。等罗丝把气顺匀了，她自己也笑了。因为酒精灼人，她的双眼还含着泪水。

“下回我还是喝咖啡吧。”她喘着气说。

博士似乎已经盯着屏幕看了好几个小时了。凯瑟琳早已回到笔记本电脑旁，完成她的报告。博士又调整了放大倍数，仍盯着屏幕。

“这太有意思了。”他说。

“还在研究呢？”凯瑟琳关掉电脑，走到显微镜旁。

“我能再看一份样本，确保两者是否一致吗？”他问。

“当然。”

凯瑟琳取下显微镜上的玻片，把它翻开，用镊子小心取出里面的薄石片。不过石片从镊子尖头滑下来，落在了工作台上。她用手指捡起来。

忽然，她感到一阵天旋地转。

她头晕眼花、视野模糊，还站不稳脚跟。然后她松开石片，感到博士扶住了她的手臂，帮她在实验室的凳子上坐下了。

“你还好吧？”

“应该还好。”她的视野开始恢复清晰，“我可能是……有点儿累了。”她接触过石片的手指有些发麻。凯瑟琳盯着手指，轻轻揉搓指尖，尝试集中精力，“哦！天哪——我的手指！”

“让我看看。”博士握住她的手检查了一遍，“我懂你的意思了。”

她的指尖起了皱，就像是泡了太长时间的澡，皮肤都起皱了。它们看起来就像是老妇人的手指。

博士把手伸向石片。凯瑟琳本能地意识到是那石片在作怪，“别碰！”

可博士已经拿起来了。他在掌中拨弄着它，把它抛到空中，再用另一只手接住石片，随后把它扔进装有石块的试管里。接着，他让凯瑟琳看了看自己的手。手掌皱缩，手指的皮肤松弛、苍老而干燥。

“出什么事儿了？”克列巴诺夫不知何时走了进来，用谴责的目光看着博士，“我希望你没浪费我员工的时间。”

“应该没有。我们很好，谢谢关心。我们正忙着回答问题，然后提出更多的问题。”

“我希望你做事认真严肃一些，跟人说话也放尊重些。”克列巴诺夫气哼哼地说。

凯瑟琳对他的恼怒感到惊讶——他们的工作又不紧急，博士也没妨碍她做任何事情。而现在……

博士仍举着手。他的手好像自己在复原，手上的皮肤也重新恢复了紧绷。但凯瑟琳的手指还是皱巴巴的。她抬起手给博士看，想知道发生了什么。她对自己身体的变化保持着冷静的科学好奇心，这让她感到惊讶。

克列巴诺夫走向工作台。他身体前倾，双手撑在台面上，然后闭起了眼睛。

博士抓住凯瑟琳的手，又检查了一遍，“你感觉还好吗？”

凯瑟琳还没来得及回答，克列巴诺夫就睁开眼，然后直起身体，“好了，”他说，“谢谢关心。”

现在桌子边已经围了不少人。罗丝设法避开了那些关于俄罗斯其他地区的境况以及莫斯科的政治局势的问题。村民们迫不及待地宣泄着平日里的压力，向她倾诉这里的生活有多么糟糕。

实际上，她感觉村民的心结主要是怨恨。因为军方废弃码头时，连同他们一起抛弃了。他们只能勉强维持生活，从研究所得到最基本的物资，从渔民和农夫那儿得到刚够果腹的食物。

不过，最近发生的死亡事件和瓦莱里娅的遭遇是个例外。没人特意提起这件事儿，但罗丝明显感觉到，这不是诺瓦罗斯科第一起无法解释的意外死亡。在她看来，停在这里的十几艘生锈的核动力潜水艇对安全和健康可没多大好处，不过话说回来，那些潜水艇好像也是这里的救星。

索菲亚告诉罗丝，村庄获得能源的唯一途径就是让潜水艇发电机不断运转，“别担心，它用的是柴油，不是核动力。”她看到罗丝一脸惊惧，连忙补充道。然后，她又把罗丝介绍给尼古拉·斯特雷斯涅夫。那人自豪地告诉罗丝，他在这里负责保养和运转发电机。

斯特雷斯涅夫跟这里的许多男性一样——早衰、疲惫，而且时刻处在烂醉的边缘。他得过且过，还有拼命抓挠自己耳朵的习惯，就像被激怒的狗。罗丝尽量不去想他为什么喜欢那样做，或他对自己的卫生要求有多高。据她所知，他基本上住在潜水艇里，每次出门就只来小酒馆。

她竭力把话题引回不明死亡上，希望问出是否还有相似案例，如果有，又发生在什么时候，“你们不觉得这很吓人吗？”罗丝感觉没人特别在意这件事儿，便问了一句。

“人总会死的，”索菲亚解释道，“这里的生活很苦。我们每年都要失去几个渔民。流感又会带走一些人的生命——因为我们没有医疗机构……我们跟潜水艇相伴，也跟它们潜在的风险相伴。”

“这实在太吓人了。”

“当你刻意去想它时，它才会显得可怕。我们时刻与危险相伴，时间长了也就习惯了，就像习惯其他事物一样。”

“如果你真想吓唬自己，”尼古拉含糊地指着罗丝的方向，“你该去找老格奥尔基。他见识过一些东西。”

“真的？他见到什么了？”

“别理他，”索菲亚说，“格奥尔基又老又瞎，很久以前就失明了。那是海军驻扎时发生的维修事故。”

“他依旧能，”尼古拉坚持道，“看见一些东西。”他喝光杯里的酒，然后用力把杯子砸到桌子上，“所以人们才管那叫第二视觉。”

“他就是个可怜的失明老头儿。”索菲亚坚持道。

罗丝点点头，然后问道：“他住在哪儿？”

博士不吃克列巴诺夫那一套。为了堵住他的嘴，博士还若有所指地表示，自己要跟莫斯科的好伙计说说这件事儿，看看他们有什么想法，于是克列巴诺夫就没管他们了。

“他平时并不这么暴躁。”凯瑟琳对博士说。

“他平时都是管事儿的。”博士对她说，“你瞧这个。”他抬起自己的手，它看起来已经恢复原状了，而凯瑟琳的手指还是又皱又老，“你得多保湿。”博士同情地说，“不过手指周围的组织状况还不错，我猜过几天你就能恢复了。你的身体会自己复原。”

“可这到底是怎么回事儿？它也对你产生了影响，但为什么你的皮肤马上就恢复了呢？”

博士摇摇头，“这说不通，”他嘀咕道，“吸收能量——好吧，这么做可以有很多理由。可谁也不会蠢到只针对一种 DNA 和生命能量。为什么只针对人类，嗯？我已经算和人类很相近了，所以它如果不吸收我的能量，也不会吸收其他生命的。它不接受任何替代品——这里面有什么讲究？”

凯瑟琳不安地笑了笑，目不转睛地盯着自己的手指，“我根本听不懂你在说什么。”

博士也跟着笑了，“我也不懂。不过你仔细想想，它需要能量，于是就去吸收能量——通过那些石头。那些看起来像石英的物质，也跟石英一样会产生谐振。那就是信号源。可它们并不是每时每刻都在吸收和振动。因为没人一靠在石头上就噗的一声变成没骨头的一百零七岁老人，所以这些东西一定存在激活机制。来自显微镜的辐射说不定就把它激活了。”

“这里可不缺辐射，”凯瑟琳缓缓答道，“尽管让人担心，但我们住着住着就习惯了。别管官方调查报告怎么说，有几艘潜水艇漏得像……像……”她努力搜寻着用来比喻的东西。

“像锈迹斑斑的旧潜水艇？”博士帮她补充道，“但谁也不会专门针对人类能量，对不对？当真需要能量的话，它可不会挑食。”

“那或许得看能量的用途。”

博士皱起眉，仿佛听到她告诉他二加二等于五，“我知道那些能量的用途。”

当索菲亚·巴林斯卡把那个英国女孩带去见他时，格奥尔基·季诺维耶夫正一个人待在黑暗之中。没有其他人知道罗丝是英国人，因为她的俄罗斯口音很纯正。格奥尔基也不是从她说话的方式判断出来的，但他就是知道。而且他还知道罗丝只想了解不明死亡的事情，所以他把索菲亚支开，让她回到小酒馆等他们聊完。

“我从来没开过灯，”他说，“为什么要多此一举呢？所以你得找一找开关，如果有的话。”

“你就没什么客人吗？”罗丝问。

“没几个。有一天，手臂上有条狼的那个男人将会前来。”

“狼？”罗丝突然感到一阵寒意——甚至比此刻还要冷，“为什么？”

她的意思是为什么那人的手臂上会有条狼，但是老人理解成了另一个问题，“来杀了我。”他说，“请坐。”

“真奇怪，你怎么知道我没坐下呢？”

“我的双眼看不见，但我仍然能在脑海中看见图像。当你说话时，我能感知到声音传来的方向，所以我知道你没坐下。”

“他们说你能看见……一些东西。”

他笑了，“我知道他们怎么说的。也许他们是对的。不过现在就连我自己也不再听我的故事了。至于其他人，他们对我见过的那些事儿，老早就没有兴趣了。”

“因为你猜错了？”她问。

他又笑了，但笑声里并无笑意，“不。因为我猜对了。”

“你能预测未来？”

“哦，不。我只能看见现在发生的事情，就和你一样。只是，不像你，我不需要用眼睛去看。我甚至不需要去到那里。”

“那你现在看到什么？”

“你知道，这不是我能选择的。”

“抱歉。”

“没关系。但是……”他犹豫了一下，脑海深处渐渐浮现出一些画面，“我看见水里的涟漪、破碎的冰块和雪地上的痕迹。士兵们在那儿——在码头上。”

他们井然有序地沿着码头前进。杰克把谢尔盖耶夫拉到了自己的分队里——还有另一名叫拉苏尔的士兵。拉苏尔手上拿着盖格计数器，将它举在身前左右晃动。三个人都能听到持续不断的咔嗒声。

“我看见尼古拉离开了小酒馆。当然，他喝醉了，不过发电机需要马上补充柴油。他又冷又累，很想回去睡一觉。”

跟士兵在一起却没有穿制服的军官注视着那个男人，看着他摇摇晃晃地走过码头，还听见他对士兵们咕哝了几句什么，随后看他走向其中一艘潜水艇。那个男人走起路来就像走在一艘正穿过暴风雨的船上。

“那里还有别人，别的什么东西，在黑暗中等待着他。”

尼古拉快走到潜水艇边上时，突然听见一个声音——很轻的爆裂声，就像电流，还有潮湿黏滑的东西滑行的声音。仿佛有人在他身后的水泥地上拖着什么沉重的东西。可是他回头却什么都没看见，眼前只有一片阴影。

“它在狩猎，在等待最佳时机。”

码头上还亮着几盏灯。人们只愿意更换从村庄到小酒馆之间的灯泡，并专门在小酒馆和潜水艇之间留了几盏灯，以照亮尼古拉的路。投向地面的一圈圈浅白光晕之间是一片片黑暗。最接近尼古拉的那盏灯闪烁了几下，然后扑哧一声熄灭了。

“在等待黑暗降临。”

这让他感到很不安。尽管酒精通常能使他的感官变得麻木迟钝，尼古拉还是感到寒冷渗透骨髓。他加快了脚步，那阵滑行的声音仿佛也变快了。越来越快，越来越近。

“在等待出击。”

那东西又湿又黏，就像海草一样，缠绕着他的脖子和咽喉，越勒越紧。尼古拉拼命用指甲抓挠，同时挣扎着保持呼吸。但他的双臂慢慢失去了力量，仿佛正在滑入梦乡。他感到自己逐渐失去了知觉。接着，又有几只触手缠住他，并拉扯着他的身体。

“在等待杀戮。”

那东西吸走了他的力量，在他发出尖叫前夺走了他的声音。他跪倒在地，歪着倒向一旁，感到它正在把自己拖走。

“可怜的尼古拉并不知道发生了什么。他只知道一件事儿。”

他最后一个想法是得有人照看发电机。紧接着，黑暗降临，他的意识渐行渐远。

“没了他，发电机就会停止运转。”

老人若有所思地望着前方，只是他的双眼全白。他看不见任何东西。罗丝坐在椅子边缘，听得入了神。这只是个故事，她对自己说——他不可能真的知道。那不可能真的发生。

灯像闪电一样闪烁了几下，忽明忽暗的灯光在格奥尔基的脸上投下阴影。他说：“然后灯就会熄灭。”

然后灯熄灭了。

5

小酒馆的大门砰的一声打开，所有人都转了过去——然后看见罗丝一脸惊恐地四处寻找索菲亚·巴林斯卡。现在房间里只有摇曳的烛火带来光亮。

女警官很快走到她面前，眼中的黯淡早已消失，“出什么事儿了？是老格奥尔基吗？”

罗丝气喘吁吁地说：“哦，但愿这不是真的。尼古拉在哪儿——那烧锅炉的伙计在哪儿？”

“他回去烧锅炉了，回潜水艇了。”她朝最近的蜡烛点点头，“当然，没赶上时间。”

“说不定他又让发电机烧干燃料了！”有人大声说，“反正这不是第一次了。”

“尼古拉自己倒是从没缺过燃料。”有人调笑似的补充道。

“我们得找到他。”罗丝拉着索菲亚往外走，“快走。”

“为什么——出什么事儿了？”

“格奥尔基看见……不是严格意义上的看见，可是……”罗丝摇摇头，“别管了，跟我来好吗？”

索菲亚耸耸肩，“好吧。”她迅速拿起搭在自己座椅背上的大衣，“给我留一瓶酒，”她对酒保说，“我觉得待会儿也许需要它。”

“要我们一块儿去吗？”某个渔民对等得不耐烦的罗丝问道。他吐词不清，似乎连站直都有点困难，“保护你们，嗯？”

“没有你们在，我会更安全。”她说。

渔民的朋友大笑起来，然后他们继续喝起了酒。

“告诉我，到底出什么事儿了。”她们一走出门，索菲亚马上问道。

天上又缓缓飘起了大片雪花。索菲亚在前面带路，朝尼古拉工作的潜水艇快步走去。听完罗丝的故事，她一直没说话。

“我知道这听起来很奇怪，但有备无患嘛。再说，灯确实都熄灭了。”罗丝最后那句话听起来几近辩解。

她们从两艘巨型潜水艇之间穿过——从水里钻出来的两道黑影，仿佛暗夜中搁浅的鲸鱼。索菲亚的小手电筒光是路上唯一的光亮，除了它，就只剩冲破层层阴云照在积雪上的月光。

“他们就把这些东西扔下了？”罗丝看着两侧巨大的黑影问道。

“跟我们一样，它们被留在这里自生自灭。没有人会记得这里。它们将会渐渐老化、锈蚀、报废。”她停下脚步，伸手触碰一艘潜水艇，“你感受一下。”

“什么？”

“来啊。”索菲亚的掌心拂过船身。

罗丝照着做了。她感觉船壳就像砂纸一样粗糙，而且她摸了一手的深色铁锈。

“这些船壳曾经光滑、锃亮、崭新。”索菲亚在一片漆黑中注视着罗丝，“而现在……这就像你和我一样，对不对？”

“什么意思？”

“你的皮肤——如此光滑，如此完美。”

“那你真应该看看刚起床的我。”

“可是有一天，你会变得像我一样，皮肤干枯、衰老，满脸皱纹。”

“你并不老啊。”罗丝说，“你多少岁了？”

索菲亚笑了几声，“你绝对看不出来。”尽管她在笑，她的声音里还是藏着一丝苦涩，“走吧，找到尼古拉要紧。”

杰克想，与其说是一艘船，不如说这是一条隧道。三个人的手电筒发出的光照亮了陈旧的钢铁结构。所有东西的表面都覆盖着一层铁锈，每根管道和接缝处都漏着水，积水在他们脚下哗哗直响。

手持盖格计数器的士兵走在谢尔盖耶夫和杰克中间，他用手电筒照着计数器，盯着上面来回跳动的指针。

“有变化吗？”谢尔盖耶夫问。

“读数比外面的背景辐射水平稍微高一些，只不过是某个旧反应堆想要引起我们的注意。”

“谁不想呢。”杰克咕哝道。

“这是在浪费时间。”谢尔盖耶夫抱怨了一声。

他说得没错，尽管杰克并不愿意承认，“我们离反应堆还有多远？”杰克问。

“我怎么知道？我又不是潜水艇水兵。”

“我猜它应该在艇尾。”拉苏尔说。

“艇尾？”

“潜水艇不能叫作船，只能叫作艇，”拉苏尔回答，“我知道这个是因为我堂弟曾在‘库尔斯克号’[1]上服役。”

“可怜的伙计。”谢尔盖耶夫小声说。

“‘库尔斯克号’怎么了？”杰克问。[2]

拉苏尔抬起头，即便在暗淡的手电筒光下，也能看到他面露惊讶，“它沉没了。”

潜水艇不都会下沉吗？杰克想。可他没有说出来，而是改口

---

1. 俄罗斯奥斯卡级导弹核动力潜水艇。2000年8月12日，“库尔斯克号”在参加演习时发生爆炸并沉没，艇上118人全部遇难。

2. 杰克来自51世纪，因此不知道这么早的历史事件。

道："哦，对，真抱歉。我很惊讶这玩意儿竟然会没沉。"

"它会的。"谢尔盖耶夫对他说，"当它沉没的时候，我可不想待在上面，长官。"他顿了顿，又补充一句。

"好吧，我们这就回码头去。其他人怎么样了？"

他们在狭窄的通道里原地转身。杰克很想知道人们要怎样才能在如此小的船上工作——更别说生活了。在主通道里，每隔一段距离就有一间生活舱。不过那些房间又小又挤，还装满了管道、电缆和设备——仿佛是船员后来才加上去的配置。

谢尔盖耶夫朝佩戴式话筒说了几句话，还敲了两下耳机，"肯定是这玩意儿的外壳隔绝了信号，"他说，"我呼叫不到任何人。"

"等我们出去了再试一次。"杰克做出决定，"读数依旧没问题吧？"

"我希望它能再低点儿，不过现在的数值仍然符合预期。"拉苏尔汇报道。

杰克能感觉到潜水艇锈蚀的梯子在他脚下磨损、朽坏。在他上方的拉苏尔一边攀爬，一边踩得梯子簌簌落下不少灰尘、沙砾和锈渣，它们全都落在了杰克的脸上。不过，杰克还是紧紧地跟在拉苏尔后面——他认为谢尔盖耶夫完全有可能等拉苏尔出去后就把舱门关上，把他困在潜水艇里面。

不过，谢尔盖耶夫已经回到了岸上，正一脸急迫地冲着话筒说话。看见拉苏尔和杰克走过来，他摇了摇头，"还是没联系上，长官。”发现潜在问题后，他转眼变成了职业军人——刚才的乖戾消失得无影无踪。

“你有什么建议？”杰克问道。

“我们应该亲自检查一下。”

“你是说过去看看？”

“是，长官。我是说过去看看。”

“可我们并不知道他们在哪儿。”拉苏尔指出，“刚才有一组人朝干船坞去了，另一组人朝南边去了。可他们现在的位置……”他耸耸肩。

“看看他们是否跟莱文上校联系过。”杰克说，“或许是我们的通信出了问题，而不是他们的。”

还没等谢尔盖耶夫执行命令，三人就听到了骤然响起的嘹亮尖叫声。那足以撕裂冰冷空气的尖厉声音就来自附近——可能在潜水艇的另一头。暗夜里的惊恐叫声比周围的空气还让杰克心惊胆寒。

“那是罗丝！”他大喊一声，同时拔腿就跑。

罗丝觉得自己很没用。当杰克和两名士兵跑过来时，她冲过去一把抱住了杰克，这更让她感觉自己没用极了。索菲亚惊恐地盯着码头一角那不成形的东西，当看到她也如此反应，罗丝心里稍微好受了些，但也没有好多少。

“你还好吗？”

她点点头，“我只是吓到了。”她该把老格奥尔基的话告诉他吗？她该从何说起？

索菲亚和其他两名士兵正在检查尸体。

“那是不是……”罗丝说不下去了。

索菲亚点点头，“就像你说的，是尼古拉。”

谢尔盖耶夫把手电筒对准尸体的脸。或者说，曾经是脸的部位。他很快就把手电筒移开了，“跟石圈的尸体一样，”他对众人说，“已经变成软胶状了。”

杰克花了点儿时间确认罗丝是否真的没问题，罗丝向他保证自己扛得住后,他便走到其他两名士兵身边,“联系上莱文了吗？”

谢尔盖耶夫摇摇头，“只有静电噪音，好像我们受到了干扰或屏蔽。”

“有意的？”

“谁知道呢？”

“这跟辐射没关系，”另一名士兵说，“这里的辐射强度还不足以形成干扰。”

“那我们只能靠自己了。”杰克对众人说，“现在最好先找到其他人。”

“你们了解发电机吗？”索菲亚问。

“你问这个干什么？”

“因为发电机为整个村庄提供能源，而现在所有灯都熄灭了。”罗丝说，“尼古拉正要去给发电机添火，或者添加燃料之类的。”

“发电机在哪儿？”谢尔盖耶夫问。

“在‘里科夫号’上。”索菲亚指向五十米外的巨大船影，“码头关闭后，我们就从那儿拉电缆接到旧发电站去。”

“我是工程师，”拉苏尔说，“我可以看看能做什么。”

“我们要一起行动。”杰克下令道，“外面有些不太好的东西，所以我们不能落单，明白了吗？”他先看向罗丝，然后看向索菲亚，“你们两个能行吗？能回到小酒馆去警告其他人吗？”

“警告他们？”索菲亚摇摇头，“那会造成恐慌的，人们会把这一切归罪于尸鬼。”

“那你就稍微改变一下说法，但总得让他们提高警惕。”

“我们会想办法。”罗丝向他保证，“我们走吧。”

“我过会儿去小酒馆找你们！”杰克朝她们喊道，“然后我们去告诉博士。”

亚历克斯·米宁从文件堆中抬起头，发现博士坐在办公桌对面的椅子上。他惊呼一声。

“我不是故意要吓你。”博士嘴上虽这么说，但他一脸灿烂的笑容却表明他就是故意的。

“你有事儿吗？”

“呃，我把凯瑟琳吓坏了，又把克列巴诺夫气坏了，现在只剩你跟鲍里斯啦。”

“那你怎么不去找鲍里斯？”

“我觉得他不太可能拥有一把铁锹。”

亚历克斯放下笔，靠在椅子上。他感觉自己不会喜欢接下来这个问题的答案，可他还是问了：“博士，你又为什么需要一把铁锹呢？”

“哦，没什么，就是想挖个墓，你懂的。”

亚历克斯咽了口唾沫，“你想看之前的被害者？”

博士兴奋地点点头，“如果你愿意，也可以跟我一起来。”

“博士，现在可是大半夜，更别说这种行为的合法性也令人质疑。”

“完全不合法，毋庸置疑。总之——”他站起来继续道，“我需要你带我到墓地去。如果你要加入，那就快走吧。”

亚历克斯也站了起来，“我有的选吗？”

“没有。”

“我就知道。”

回小酒馆的路大概已走了一半。因为没有照明，她俩很难判断自己究竟走了多远，而罗丝未经训练的双眼也分不出这些潜水艇的区别。

“你准备对他们说什么？”

索菲亚有点儿心不在焉，好像在想事情。罗丝问了两遍才得到回答：“让他们尽量待在室内，不要单独外出。大白天也不行。”

“希望那样就足够了。”

索菲亚没有回答。她停了下来，抬手让罗丝保持安静。她们站在港湾积雪的道路上，就像两道模糊的剪影。罗丝正要问怎么回事儿，马上也听到了那个声音。

那是一阵滑行的刮擦声，就像前面有人把什么东西拖过路面。周围起了薄雾，风也停了，夜晚冰冷的空气变得潮湿黏稠。雾气仿佛渗进了罗丝的大衣和里层衣服，直刺肌肤。

“那是什么？”她耳语道。

“我不知道。”索菲亚四下张望，想确定声音的具体来源，“你在这里等着。”她手电筒打出的光照进雾蒙蒙的黑暗中，但无济于事。

“我才不等。”罗丝对她说。

可是下一刻，罗丝看见索菲亚做了个奇怪的动作。奇怪而让人莫名不安。她挠了挠耳朵——动作急躁得像被跳蚤惹恼的狗。她是可以做那个动作，因为动作本身没有任何不合理之处。可她的行为还是让罗丝突然感到全身发冷、孤独无依。她真希望自己跟杰克和那两名士兵待在一起。当索菲亚小心翼翼地走进迷雾，走向那个渐渐消散的声音时，罗丝选择待在原地不动。

索菲亚·巴林斯卡的脚步声渐渐变弱，而片刻之前，她的身影已在浓雾中消失不见。罗丝独自留在码头边，用双臂抱着身体保持温度。她不停地跺脚，做着深呼吸，吐出的气息融入越来越厚重的雾气。

不知过了多久，罗丝喊了一声："索菲亚？索菲亚！你在那儿吗？别瞎转了，快回来呀，我啥都看不见。"

这一次，声音出现在她身后，还是同样的湿滑响动，仿佛有人拖着一大团海草走过了码头。罗丝盯着迷雾，由于层层浓雾把月亮遮住了，她连自己脚下的地面都看不清。她缓缓移动起来，小心翼翼地朝那个声音走去。

她的前方有个微弱的亮光，因隔着迷雾而显得模糊不清。可能是手电筒的光？杰克和士兵们回来了？但如果是他们，为何照明没有恢复？或许已经恢复了，罗丝想起码头上根本没几盏能亮的灯，加上这股浓雾，就算电力恢复了，她可能也察觉不出来。她继续谨慎地向前挪动。声音还在那里，光线也越来越明亮——蓝色的、闪烁的、怪诞的光芒。

"我真的要这么做吗？"她小声问自己。答案可能是不，但她依旧没停下脚步，直到她的一只脚碰到什么东西，让她差点儿失去平衡。

罗丝跪了下来，一是为了看清脚下的东西，二是为了防止自己摔在上面。尽管凑近了许多，她还是只能勉强辨认出一个深色的轮廓。她轻轻戳了那东西一下，隔着厚手套都能感觉到它柔软而略有弹性，就像一个漏气的气球。

就像果冻一样。

罗丝猛地吸了一口凉气，然后跳起来后退了几步。

在她面前，那个闪烁的浅蓝色亮光突然向前移动——朝她扑了过来。

6

那个神秘的光点伴着一阵湿黏的滑行声逼近。罗丝感觉某种东西从她身边经过，擦过她的肩膀然后啪的一声落到地上。接着，她听见了另一个声音——拖动物体的声音。那东西把她发现的尸体拽向那道越来越明亮、闪得越来越快的蓝光。罗丝面前甩过一只散发着蓝色荧光的触手，她慌忙往旁边躲闪，并踉跄着后退。

她不想再见到那东西的其他部分了。于是罗丝转过身，飞奔起来。她一头撞上了从迷雾中显现出的深色身影。那人紧紧抱住了她。

“怎么了？”索菲亚对刚刚稳住身体的罗丝问道。

“那……后面，有某种东西。”

“什么东西？”

罗丝干笑一声，“可怕的东西。我没留下来仔细研究，那儿好像还有另一具尸体。”

“好像？”

“手电筒在你手上啊。”

滑行的声音似乎停下来了。罗丝小心翼翼地带头走回她发现发光生物的地方。

“那东西像个圆滚滚的蓝色水母，还有，呃，触手，你懂的。”

“我觉得我不太懂。”索菲亚听起来也有点儿紧张。

可是，那地方什么都没有。索菲亚的手电筒发出一道微弱的光，照出了雪地上的痕迹，就像是有什么东西从码头一路爬上了公路。还有一道更深的痕迹，就像有人把一个沉重的东西拽走了。

“那具尸体是某个士兵？”罗丝猜测，“杰克用无线电联系不上他们。”

“如果是士兵，他不可能单独行动。”索菲亚指出。

“那就不止一个人，也许吧。哦，我怎么知道呢，对不对？”罗丝反驳道，“我们该回小酒馆去。”

索菲亚将手电筒顺着那道痕迹照向远处。痕迹很模糊——没有明显的印迹或足迹，就像有人滚了一个雪球过去。

“你说那东西会发光？”

“对。”

“可积雪没有融化，它只是把雪挤到两边压碎了。”

“所以，它会发光，但不会发热。那东西还有点儿蓝。”

“那它可就一点儿温度都没有，毕竟我们这儿只要高于零度就算热了。”索菲亚咂了咂舌，然后思考着，“这也是为什么我们需要发电机重新运转起来，并且越快越好。主要不是为了照明，而是供暖。但如果实在不行，研究所还有独立能源供应。”

“杰克会解决的。”

“但愿如此。”她摇摇头，“太多了，”她咕哝道，“一下子发生太多事情了，我一点儿准备也没有。”

“谁又有准备呢？”罗丝说。

索菲亚似乎振作了一些，最后做出决定：“我想再看看石圈，就是我们发现可怜的帕维尔的地方。”

“现在？在这么浓的雾里？”

“山崖上可能没有雾。这是一阵海雾，在高处不会这么浓。”

“就算如此也太乱来了。”

“我想看看那上面是否存在同样的痕迹，如果去晚了，雪可能会把痕迹覆盖掉。”

“说不定已经覆盖掉了。”罗丝指出，“就算没有，士兵们也把那儿踩得乱七八糟了。”

“你不必跟着来。”索菲亚说完转过身，“如果你愿意，就回小酒馆去，安全暖和地待在里面。”

罗丝叹了口气，“我跟你去，”她说，“你在雪地里四处打探时，需要有人帮你提防着坏脾气的圆球怪。”

大约十米开外的地方亮起了一盏灯，灯光隔着雾气显得格外模糊。灯闪烁了一下，似乎在竭力保持明亮，随后又变亮了一些。那点光不算明亮，但足以抚慰人心。罗丝能看出索菲亚露出了微笑。可阴影和雾气遮住了她的脸，让她有那么一会儿显得有些怪异，像个咧嘴笑的骷髅。不过她一动起来，那个瞬间就消失了。

“那走吧。”索菲亚说。

他们开走了研究所的一辆吉普车。米宁负责开车，一路上没怎么说话。他的沉默并不只是因为要集中精神穿过浓雾。

“你对这事儿有意见？”博士终于问道。

“有很多。”

“有就怪我头上吧。”

“这只是我们面临的问题之一。”

“那么其他的呢？”

“最无关紧要的问题是，我们得挖开一片冻土。比较重要的问题是，我们得知道去哪儿挖。”

“肯定有人知道，我们可以问路。”

米宁用手背擦了一把挡风玻璃内侧，但没什么用。车速已经慢得和走路差不多了。

“费奥多尔·瓦伦知道地方，因为他负责挖墓穴。”

“他做什么的？”

“他是个建筑工，主要负责维修渗漏和加固老房子。不过他有一台挖掘机。”

“那就没问题了。”

“帕维尔是他儿子。”米宁小声地说。

“哦，好吧。”博士想了想，“那他应该乐意帮忙。”

“他可能乐意帮你。瓦伦和我的话……他不喜欢我。”

博士转头看着米宁，“没人喜欢你，”他指出，然后咧嘴笑了，“不过他会喜欢我。我敢打包票，每个人都喜欢我。”

拉苏尔用一条破布擦着沾满油污的手，“大燃料箱的主管道堵住了，难怪他们一直要加油。这下发电机可以正常运转好几天都不用管了。”

“但愿如此。”杰克说，“干得好。”

谢尔盖耶夫点点头，这似乎已经是他向他的同伴做出的最能表达祝贺的举动了。

“好，我们回研究所吧，看看是否有人回去报到了。外面雾这么大，我们只能等天亮雾散了才能有所动作了。”

“等散了再说吧。”谢尔盖耶夫闷闷不乐地说。

“哦，你可真是个开心果。”杰克对他说。

谢尔盖耶夫瞪了他一眼。

拉苏尔面露微笑，饶有兴致地看他俩斗嘴。不过就在他扔掉那条油腻的破布时，他脸上的笑容冻结了，“那是啥？”

“什么？”杰克问。

“刚才有个声音，你们听。”

他们都安静下来侧耳倾听。发电机后面传来一阵滑动摩擦的声音，在机器运转的响动中几乎难以辨别。

“没什么声音，”谢尔盖耶夫说，“就是机器声。”

“或者可能是老鼠发出的声音。”杰克说。

但拉苏尔并不相信，“听起来像是外面有东西在贴着潜水艇表面滑动。”

谢尔盖耶夫不屑一顾地笑了，“那不可能，”他说，“我们在水平面之下。”

他们花了好大工夫才说服瓦伦暂时离开他伤心欲绝的妻子，让他把挖掘机开到墓地去。瓦伦怒视着米宁，拒绝跟他交谈，所以博士只好发挥自己的魅力了。

可是博士很快就失去了耐心，“你能别再自怨自艾，帮我们做点儿有用的事好吗？”他厉声道，“帕维尔已经走了，我很遗憾。但如果你不想让更多人遭受和你们一样的痛苦，那我建议你振作起来，帮我们一把。”他深吸一口气，小声地继续道，“这里正在发生一些怪异危险的事情。这你很清楚，所有人都清楚。你们只会无视它，或者给它安个神神道道的名字，因为你们觉得自己无法阻止它。可现在，这一切必须改变了。是时候采取措施了。我能阻止这一切，我也会阻止这一切，但我需要你的帮助，好吗？”

巨大的机械铲子向冻结的土地铲去。铲子用尽全力掘开地表，力道之大，竟将机身大半部分都推离了地面。随后铲子突然扎进了土里，机身砰的一声落回地面。铲子升了上来，机械臂转到一旁，将黑色的泥土抛在积雪的地面上。一道道翻卷的雾气缭绕在四周，挖掘机排出的废气搅浑了空气。

这里年头较久的坟墓都有墓碑：外形一致，排列整齐——就像接受检阅的士兵。可是新坟就只有小块木头十字架作为标记，散乱地分布在整个墓地里。

“上一回发生这种事，就是这个人遭遇了不幸。”米宁边说边看着土堆渐渐变高，“他已经入土为安两年了。博士，你确定要这样做？”

“瓦伦为什么不喜欢你？”博士回问道。

“正如你所说，没人喜欢我。”

“对，但他表现得真的很明显。”

挖掘机向后倒，退到与米宁和博士并排的位置，瓦伦从驾驶舱里探出身来，他只对博士说话，完全不理米宁。

“棺材露出来了，做你要做的事儿吧。我暂时把这东西开走，等你完事儿了再把土填回去。我希望最好没人知道这件事儿。”引擎重新发动，挖掘机又向前开去。随后瓦伦把它停下，又探出头来，“你会阻止这一切？保证这事儿不会再发生？”

博士点点头，“这可能要花点儿时间，还可能会付出一些代价，不过我保证会阻止这一切。”

瓦伦把头缩了回去，随后，挖掘机消失在浓雾中。

“他以前有个叫切达金的同事。”米宁说。

他们缓缓走向挖开的墓穴，博士肩上还扛着一把铁锹。两人低头看向地底的黑暗。

“他们曾是好朋友，可切达金是个大嘴巴。”

“祸从口出啊。”博士说。

“最后他确实大祸临头了。”

“详细讲讲。”

“人们发现切达金的尸体时，他手里拿着枪，后脑勺有个洞。他情愿自杀，也不愿被召回莫斯科去解释自己的行为。这是人们猜测的死因。”

“自杀？”

米宁点点头。

“瓦伦和其他人都因为这个原因责怪你？”博士跳到墓穴里，“他们目光太短浅了，对不对？”他说，“好了，来帮我移开棺盖吧。”

简陋的木箱充当了棺材，冻土保证了木材不受侵蚀，博士和米宁不得不合力才把棺盖撬开。里面涌出的恶臭当即让两人连连作呕。

“好吧，至少我们知道他还在这里。”博士说。

米宁用一块手帕捂着口鼻，“你尽快，”他含糊地说，“速战速决。”

他们将棺盖放到一边，然后探头朝里面看。

棺材是空的。

“他不见了！那这股气味是怎么回事？”米宁说。

博士在棺材旁弯下腰，他一只手拿着试管，另一只手拿着从凯瑟琳的实验室带来的金属刮刀，“恐怕他还在这里。”博士从棺材底部挖了一点儿东西，然后把它刮进试管里。他给试管塞上胶塞后递给了米宁，“帮我拿一会儿。”

“这是什么？”

“衣服都腐烂了，而且腐烂的速度很可能不同寻常。尸体也一样。某种东西吸走了一切能量，连骨骼和软骨也没有放过。”他敲了敲米宁手上的试管，“这就是仅剩的部分了。”

米宁盯着试管，一脸难以置信的惊恐表情，里面的东西就像一团惨白的胶质。“这东西曾经是个人？”

博士推回棺盖，然后爬出墓穴，“对。”

“可一个好端端的人怎么会变成这样？”

“不知道。不过——”他伸手下去帮助米宁爬上来，“除非尽快查出原因，否则我们可能全都会变成这样。”他接过试管，塞进夹克口袋里，“这个想法让人振奋，对不对？”他兴奋地说着，在迷雾中向瓦伦挥手让他回来填土。

他们转身走回主舱口，背后传来发电机规律运转的声音。他们快走到时，又听到了那个声音——黏稠湿滑、窸窸窣窣——从头顶传来。

“我有种不好的预感。”拉苏尔低声说着，看了一眼盖格计数器，发现读数跟刚才一样。

“那声音在我们前面。”谢尔盖耶夫说。

“听起来好像是在潜水艇内部。”杰克表示同意，“那一定是机械噪音，或是潜水艇潜游时，什么松动的东西在晃动。”

“潜水艇没在潜游。”谢尔盖耶夫指出。

“就属你聪明。”杰克咕哝道，“那好吧，”他提高音量说，“我们尽快离开这里，都同意吧？”

其他两人点点头。通往指挥塔的梯子就在前面不远处，由于只有应急照明还没坏，整个金属船舱都映照在血红色的灯光下。

拉苏尔先到达梯子底部。他的手握住梯子，又缩了回来，“梯子好滑。”他压低声音说。

“只是生锈而已。”谢尔盖耶夫说完也伸出了手，随后跟拉苏尔一样把手缩了回来，“不，这……这梯子好像涂满了机油或是什么黏糊糊的玩意儿。”

“冰凉冰凉的，”拉苏尔补充道，“又冷又黏。”

“这是唯一的出路，”杰克小声地说，“我们是要辩论事实真相还是先走为上？”

三个人已经聚在梯子底部。谢尔盖耶夫把手电筒照向上方的梯级，“这东西没有颜色。”他说完又把手电筒再往上打，所有人都看清了梯子上覆盖的透明黏液。光柱移到顶部，照亮了敞开的舱门。紧接着，谢尔盖耶夫害怕地惊叫一声，失手掉落了手电筒。

一只好似苍白海草的发光触手朝三人垂了下来，拍打着梯子底部。

“快走！”杰克带头逃离那头苍白的、发光的胶状生物，后者正缓缓挤下梯子。

“我们应该回发电机那边去。”拉苏尔喘着气说。

“那边没有路可以出去。”谢尔盖耶夫说。

“是没有。可在这上面，我们听见……”他突然安静下来。

三人放慢脚步，停了下来。在红光的映衬下，他们的脸显得苍白无比。他们身后传来一阵滑行声，刚才那东西正顺着主通道追赶而来。

从他们上方也传来了同样的声音。那不是回声，而是另一头同样的东西发出的声音。

“我们困在这两头生物中间了。”杰克道出了他们的困境。

“这里好冷，又起着大雾，而且啥都没有。”罗丝正抱臂站在山崖顶上一块立石旁边。

她前方的索菲亚打开手电筒，光柱缓缓扫过石圈。那些竖立的石头仿佛一个个待命的士兵，黑影周围缭绕着雾气。

“再给我几分钟。”索菲亚说。

“为什么？这里啥都没有。”

“我想验证一个想法。”

“什么想法？”

索菲亚关掉手电筒，她苍白的脸似乎在弥散的月光下发着光。缭绕在她周围的团团薄雾使她看起来犹如幽鬼。随后，她朝罗丝走了过来。

“这种生物肯定是它的一部分。所以系统在无人操作时也能自行启动。”

“你在说什么呢？”

“我在说一个问题。我的问题。这一切可能要结束了，所以我得知道答案。”

罗丝后退了一步，远离这个向她走来的人，“你疯了。”她咕哝道。

“如果系统自行启动了，那这些石头肯定也一直处在激活状态。”

“激活——你什么意思？它们能干什么？”罗丝现在真的吓坏了。

索菲亚又走近一步，她的脸苍老得像饱经风霜的岩石。然后，她猛地扑向罗丝，用力拽着她的手腕。

“你不知道吗？”索菲亚凑到罗丝面前压着嗓子说。她突然显得比罗丝猜测的还要老上许多。紧接着，她把罗丝的身体扭过去，让后者的脸朝向离她们只有一米的最近的那块立石，“当我们启动它们，当它们激活后，这些立石会从任何触碰它们的人身上吸收能量。它们会吸收一切，不会放过任何能滋养并喂饱它们的东西。最后，只留下空皮囊。”

她推着罗丝往前走，抓住她的头发，用力将她的脸按向立石。

7

罗丝感到一阵隐隐的刺痛，就像静电打到了脸颊上。她竭力后仰，拼命挣扎着不让自己的脸碰到立石。但索菲亚还是按着她的头一寸一寸地往前凑，她的双手死死攥住罗丝的头发，不让她挣脱。罗丝抓住她的大衣，想把她推开，可无济于事。

于是罗丝不再挣扎，而是两腿一弯，猛地向下一沉，化解了向前的力量。她的脸依旧离光滑冰冷的立石表面很近。当罗丝倒下时，索菲亚吓得惊叫一声，她的双手也松开了罗丝的头发。罗丝趁机把身体一扭，决心让自己离石头越远越好。与此同时，她还一直抓着索菲亚的大衣，想把她也拽倒——向前跌倒。

罗丝扭过身时，正看见索菲亚一头撞向立石，手脚并用地从凌乱的积雪中爬起，痛苦而惊惧地发出惨叫——罗丝看到她向后踉跄几步，用双手捂着似乎烫伤了的脸。

罗丝没有心情细看她受的伤。她在雪地上挣扎着爬起来，一步一滑地朝汽车跑去。

她拽开车门跳进去，猛地把车门关上。片刻之后，索菲亚就冲了过来，想要把门拉开。罗丝死死拉住门把，等门拉开一条缝，她又再次关上车门，然后按下门锁。她默默祈祷，希望索菲亚没把钥匙带在身上。

钥匙还在点火开关上。罗丝长舒一口气，转了一下钥匙。引擎嘎嘎作响，但没有发动。她又转了一下钥匙。

然后，挡风玻璃裂了。

索菲亚跪在引擎盖上，用手电筒末端狠狠砸着挡风玻璃。每砸一下，玻璃就会多一条裂纹，不消几下它就会完全裂开。她的脸因愤怒而扭曲，她的双手握住手电筒，像握着匕首般高高举起，准备再次攻击。

罗丝呆呆地看着她。她如此苍老——虽然能看出来还是索菲亚·巴林斯卡，但老了二三十岁，也许是四十岁。她头发灰白，脸上皮肤松弛、布满皱褶，就像瓦莱里娅遇袭后的样子。她扭曲的双唇间露出漆黑歪斜的牙齿。她把手电筒再次砸向挡风玻璃。

这回引擎总算发动了。罗丝根本没意识到自己还在不停地拧着钥匙，但她没有犹豫，一把挂到倒挡，让汽车猛地向后退去——车轮在冻结的地面上不停打滑。索菲亚失去平衡向后倒去，但还是勉强攀附在引擎盖上。汽车的后方有立石，所以罗丝没有一直向后退。

罗丝挂到了一档，努力让汽车改变方向。车轮又开始打滑。罗丝能感到车头压低，车轮转动着，却没有前进。索菲亚又举起了手电筒。

下一个瞬间，其中一只车前轮终于吃住地面，使车身往旁边一转。两个车前轮都活动起来，汽车向道路冲去。索菲亚又失去了平衡，她苍老的脸撞在挡风玻璃上，死死地贴着玻璃——她脸上的纹路就像是玻璃上的裂纹一样。

汽车急转了个方向，然后才重新开向通往山脚的窄路。索菲亚还扒在引擎盖上，她用一只手砸着玻璃，用另一只手稳住身体。手电筒已经飞落到一边，挡风玻璃上最大的裂纹越变越长。玻璃错位了。当汽车开到摩擦力更强的路面上时，罗丝用力踩下刹车。

那个女人从引擎盖上摔下去时，四肢胡乱挥舞着，衣摆在空中掀动。罗丝猛踩油门，由于离合松得太急，几乎让汽车熄火。汽车跌跌撞撞地往前驶去，轮胎吃住地面，一头撞上挣扎着起身的索菲亚，把她撞飞到路边。

罗丝隔着侧窗看见索菲亚痛苦地站起身，摇摇晃晃地走开了。她朝研究所低矮的灰色建筑开去——那是罗丝能够寻求帮助的唯一地方。她该冒这个险吗？除此以外还有什么选择？

“村民们肯定不会相信我，”她边开车边大声说，“就算他们相信我，那也是因为他们早就知道了。说不定他们都跟她一样……”罗丝可以去找杰克，但他这会儿可能在任何地方，而且她不想靠近码头和那个发光的圆球生物。她得找个地方藏起来，一个安全的地方，最好有台电话或是别的什么通信工具，好让她联系上还在研究所的博士，并让他提高警惕。

不能去研究所，也不能去小酒馆和码头。不过，她知道有个好去处。

即使在警报灯的红光中，拉苏尔的脸也很苍白，“我们该找个舱室藏起来，”他低声说，“等它走过去。”

“先不管它到底是什么。”杰克也压低声音说。

“如果它走过了，”谢尔盖耶夫指出，“它可能会挨个检查舱室，那我们就跑不掉了。”

“我们现在也跑不掉了！”拉苏尔生气地低声说道。

“听声音它好像在舰桥上，或者说在潜水艇的相应部位。”杰克本以为拉苏尔会告诉他正确的词语，可那名士兵早已顾不上这些了。他已经扔下盖格计数器，任自己裹在制服里瑟瑟发抖。

越来越清晰的滑行声从潜水艇一端传来。过不了多久，这里就会有两头那种东西把他们围困起来。

“我看到它了。”谢尔盖耶夫指着通往主舱口的狭窄通道，压低声音说。那是他们唯一的逃生出口。

一头浅蓝色的圆球生物朝他们挤过来，填满了整个通道，在警报灯的映照下闪闪发光，还伸出卷须似的触手。

“它有视觉吗？”杰克问道，“或者听觉？”

“谁还在乎这个？”拉苏尔拉过肩上的步枪，对准那可怕的生物开了几枪。枪声在密闭的空间中异常响亮，一道道回声在金属通道里回荡。

那头生物浅色的身体上出现了几个小黑洞，但很快便消失了。它若无其事地继续向前滑动。

“这跟打在果冻上差不多，”杰克说，“别浪费你的弹药了。”

“我们过不去。”谢尔盖耶夫指出。

那头生物在一道舱门处停了下来，伸出一只触手探索舱室内部。

“你觉得我们能把它关进去吗？”杰克问。

“我可不想尝试，上校。”

“我们总得做点儿什么，”拉苏尔反对道，“总不能一直待着不动吧？”

谢尔盖耶夫看向通道另一端。杰克发现他深吸了一口气，便顺着他的目光看过去。

另一头生物也顺着通道挤过来了。

“你说得对，我们不能一直待着不动。”杰克说，“可惜我们已经无处可逃了。那两个东西差不多塞满了整个通道，我们根本挤不过去。”

“那我们往上爬，”谢尔盖耶夫说，“贴着天花板。”

“往上？”拉苏尔害怕得声音发颤，“你疯了吗？”

“上面可能有空间，”杰克同意道，“我们可以扒在管道上。”

“在上面等它们通过。”

“它们会看见我们的。”拉苏尔说。

“我觉得它们看不见。”杰克对他说。

“你觉得？”

“那你有更好的建议吗？如果有，现在可不是保密的时候。”

“太晚了，”谢尔盖耶夫小声说，“你觉得它们有听觉，而且能听懂我们说话吗？”

从潜水艇那一头爬进来的生物向上伸出两只触手，朝着布满管路的通道顶部探去。触手拂过时，管子哐当作响，它没有放过任何一个角落。

“那本来是个好主意，”杰克说，“现在我们不能上去，也不能出去。如果能……”他闭上嘴。谢尔盖耶夫盯着他，然后心里也有了答案，“快来，动作快！”

拉苏尔看了一会儿，猛地明白过来他们在做什么，便蹲下身去帮助两人。

三人合力抬起几块用作甲板的金属板。由于金属板两侧都有固定栓，他们花了好一会儿才抬起来。好在那些固定栓只需一拧就能松开。这些厚重的金属板带有网格，底下是一整片爬行空间。如果时间充裕，下面看起来正好有足够的空间让他们钻进去躺平。

那两头生物还在一点点向前蠕动，它们的触手也向四处甩动。其中一只触手打在拉苏尔旁边的地面上，吓得他身体一缩。

“进去，快进去。”板子掀开后，杰克马上说。

拉苏尔跳了进去，谢尔盖耶夫将一块板子盖到他上方。下面没有可以腾挪的空间，可现在已经顾不上担心幽闭恐惧症了，杰克心想。他将两块板子盖在躺进去的谢尔盖耶夫上方。

轮到他自己时，钻进去并拉上板子的动作就有点儿难度了。杰克只能向上举着最后一块板子，扭动着身体钻进去，然后将板子轻轻放在他脸上方的位置。板子几乎能碰到他，他只好把头扭到一边。爬行空间的硬角挤得他很不舒服。一只触手拍打在他上方的金属板上，然后缩了回去，像海草一样湿滑地刮蹭着金属板网眼，闻起来也像海草——又咸又湿又腥。

然后，那头生物来到了他的上方，它身体发出的浅蓝色荧光盖过了红色灯光。两头生物几乎要碰到一起了。它们会发现猎物已经不见了吗？还是会到别的地方继续狩猎？当两方触手碰在一起，却没碰到杰克和其他两人时，它们会怎么做？

那头生物停了下来，就在杰克正上方。他困在致命的外星圆球怪底下，他们之间只隔着一块金属板网格。那东西的重量压得胶状身体陷进甲板的网眼之中，湿漉漉的蓝色发光胶质缓缓朝杰克脸上挤去。

一声尖叫突然回荡在潜水艇内，片刻之后，两头生物掀开金属甲板，把它扔在一边，朝自己的猎物袭去。

博士朝门口站岗的两名士兵高兴地挥挥手。他和亚历克斯乘坐的吉普车后面还跟着一辆挖掘机，即使两名士兵对此感到惊讶，也没有表现出来。

“他是跟我们一起的。”他们把车开进基地时，博士喊了一声。

瓦伦提出他想给儿子下葬。这是个合理的请求，只是博士和亚历克斯都没有同意。但至少，他们能领他过来见儿子最后一面。亚历克斯试着提醒他，等待他的将不是什么美好的经历，但他根本看不出瓦伦究竟有没有在听他说话。

“你能让遗体看起来……体面一点吗？”亚历克斯在挖掘机发出的嘈杂声中问了一句。

“死亡本身就不体面。”博士说。

“至少做点儿什么。那位父亲不该看见自己的儿子变成那样。”

博士想到那具枯瘦的遗体，不得不点头同意，“我不确定自己能做什么。”他承认道，“或许能做点儿什么吧。”他至少能把解剖刀和其他手术用具收起来，并拉张被单盖住那可怜的男孩。

“我会让瓦伦在我办公室里待几分钟，给你留点儿时间。”

博士点点头。这很奇怪，毕竟瓦伦对他的憎恶显而易见，尽管如此，亚历克斯却还是那样关心瓦伦。虽然奇怪，却值得称赞。

博士尽力做了些改善，尽管作用微乎其微。他安慰自己，瓦伦是个掘墓人，他知道尸体该是什么样，他可能还亲眼见过其他受害者。尽管如此，这些都不足以让他在看到儿子遗体前做好心理准备。

几分钟后，米宁出现在实验室门口，“好了吗？”

“不能再好了。”

米宁咽了口唾沫。他看起来忧心忡忡，眼神空洞，疲惫不堪，“我给他倒了杯酒，算是尽力了。”

“你为什么关心他？”博士问。

米宁耸耸肩，“这里是我家，这些人都是我的伙伴，所以我关心他们。”说着，他走开了。

博士跟他回到办公室。瓦伦坐在桌子旁，正在翻阅一叠文件。从米宁猛吸一口气的动作来看，博士估计此情此景大大出乎他的意料。

老人抬起头，泪水打湿了他的脸颊，“他们不让我看弗拉基米尔的尸体，”他说，“在他自杀后，在你把他逼上自杀的绝路后——至少我们是这么认为的，他们不让我看他的尸体。”他挥舞着手上的一张纸，把边角都捏皱了，“现在我知道为什么了。”

米宁什么都没说，但脸上已经失去了最后一丝血色。他让到一边，瓦伦大步走了出去。

“你带我去见我儿子，”瓦伦对博士说，“别再说谎，别再隐瞒。”

博士轻轻抽走瓦伦手上的纸，把它抚平，看了一眼，然后递给米宁。随后，他便带头走向实验室。

博士知道,米宁会留在办公室里将那张纸小心地放回文件夹。那是弗拉基米尔·切达金的验尸报告。报告中指出，尽管官方判断的死因是自杀，但一个人基本上不可能对准自己的后脑勺开枪自杀。

罗丝把车停在建筑物背后，藏在别人看不见的地方。前门敞开着，她走进一座典型的乡村警察局。里面有块小小的等候区，还有一个柜台。柜台背后又有一扇门，它通往房子的中心区域。那扇门上着锁。

电话打不通，可能需要进行一些操作才能连上线路。她尝试着按下“9”，因为她以前上班时就这样按电话。没反应。所有数字键都没反应，于是罗丝放弃了。当然，她带着手机，只是不知道俄罗斯这个地方的区号是多少——假设她能找到自己看得懂的本地号码。俄罗斯人使用的数字和英国人的一样吗？毕竟他们的字母都跟英文不一样。她虽然能听懂俄语，但能看懂吗？

问题太多了。如果有任何答案可以解释索菲亚的性情大变，那么答案可能就藏在她家里。罗丝只在门口犹豫了一小会儿。她想起索菲亚的吼叫声，想起她带着满是杀意的表情紧紧贴在挡风玻璃上，想要破窗而入抓住罗丝。她又想起自己的脸跟立石近在咫尺。想到这里，她抬脚把门踹开了。

房子里没什么家具，照明用的都是光秃秃的灯泡，地毯破旧不堪。所有东西都陈旧而摇摇欲坠。她迅速检查每一个房间，拉开书桌抽屉，打开厨房柜子。什么都没有。至少没有任何异常的东西。

直到她来到客房。里面没有床，也没有衣柜和斗柜。房间正中裸露的地板上，摆着一张牙医诊断椅似的玩意儿，只不过上面多了许多管子，一直连到旁边的圆柱形金属装置上。还有许多细管子从金属装置连到房间边缘，最后潜入地板下方。椅子上方有个圆顶头盔，外形看起来就像头戴式耳机和美发店吹发器的结合体。

罗丝绕着椅子走了一圈，随后到楼下寻找潜入地板的管子。它们从厨房一角钻了出来。罗丝顺着管子绕过墙，穿过隔壁房间，再来到走廊。最后，那些管子消失在楼梯底部的木板里面了。她仔细打量了一会儿，发现那儿有扇门——没有把手，也没有锁，但上面有边缘钝化的金属铰链，木板上的切口也呈线形对齐。

只是那扇门无论如何都打不开。她想把门撬开，还抠坏了一片指甲。罗丝咒骂一声，重新戴上了手套。

随后，她听到前方办公室的门开了。那是帮手，还是敌人？罗丝躲进厨房，想找到能用来自卫的东西——随便什么都行。台面上有把齿刀，旁边放着块坑坑洼洼的木头砧板，还有一大块干面包。可她知道自己永远不会用那把刀。于是她躲在厨房门后，从门缝里向外窥视。她看到索菲亚进了走廊。

巴林斯卡一瘸一拐地走着——几乎是在拖着自己前进。她回来干什么？看起来她糟透了——罗丝朝她脸上瞥了一眼，险些叫出声来，险些。要是巴林斯卡身上穿的和之前不是同一套衣服，她完全有可能是另外一个女人——比如她祖母，或曾祖母。她看起来无比苍老，满脸皱纹，皮肤皱缩，她的身体干瘪而虚弱，她呼哧呼哧地喘息着。

那个老妇人蹒跚地走向楼梯下方的暗门，“你在下面吗？”她声音沙哑地说，“你找到它了吗？”

罗丝缩了回去，她知道巴林斯卡在叫她——知道她在房子的某处。

索菲亚·巴林斯卡靠在一块木板上，门一下就弹开了。她看向里面的黑暗，仿佛在思考。她虚弱得几乎随时都会瘫倒。过了一会儿，她把门关上，又蹒跚地走向楼梯。

罗丝拼命缩起身体，不想让她看到。尽管她怀疑索菲亚现在不能对她作出什么伤害。当那个女人挣扎着爬上楼梯时，罗丝能听见她阵阵沉重的喘息。

最后，罗丝轻手轻脚地走进走廊。楼梯上已经没人了，她能听见楼上机器发出的声音——一阵越来越响的嗡鸣。她屏住呼吸，贴着墙根走上楼梯，满心希望脚下的木板不会嘎吱作响从而暴露她的行踪。

声音来自客房。她壮着胆子探头看了一眼——匆匆一瞥。然后马上缩了回来。

一眼就足够了。

索菲亚·巴林斯卡躺在椅子上，头上戴着头盔。那一眼就足够让罗丝看到她需要看到的东西了。她看见一个年轻女人正满足地颤抖着。她年轻的面庞露出胜利的微笑。一头黑发从头盔里倾洒出来。她全身灌注的生命力使她重获新生，让她返老还童。

罗丝尽可能安静而迅速地回到楼下，跑向暗门，急迫地按下索菲亚刚才倚靠的木板。

门咔嗒一声打开的同时，楼上的机器运转声也停了下来。罗丝走了进去，差点儿连滚带爬地摔下一段陡峭的台阶。她把身后的门拉上，切断了从外面透进来的光线，然后缓慢而小心地向地底的黑暗走去。

这条楼梯似乎永无尽头，不过她总算是下到了底部。罗丝扶着墙站稳，随后她的指尖碰到一个东西。她仔细摸了摸——那是个开关。她敢按下去吗？

她屏住呼吸按了下去，灯随即亮了起来。隧道顶端每隔一段距离就有一盏灯——全是临时安装的电灯泡，布满灰尘，十分老旧。有些灯泡烧坏了也没换，但这样的亮光已经足够了。罗丝发现自己站在从冻土中凿出来的隧道里，隧道两边用木板加固了。

那些木板也十分陈旧，随着时间推移而变得弯曲，有几块木板已经彻底朽烂了。她的脚下是夯实的土地，头顶是很久以前匆匆用木板搭建的屋顶。

有了光线来判断自己身在何处，罗丝便放松了警惕。索菲亚如果现在下来，一看到底下的亮光，肯定就知道她在这里。她得尽快远离索菲亚·巴林斯卡，离得越远越好。于是罗丝跑了起来，不知道跑了多久，隧道渐渐向下倾斜，也不知道到底通往何处。但它总会通向某个地方。同时她也得尽快找到逃出去的路，越快越好。

她终于跑到了隧道尽头，停在一扇形似银行金库的门前——那扇圆形金属门特别厚重，上面有个锁轮，还有钳夹。罗丝拉了一下钳夹，轻易便拉开了，这说明这扇门经常开合。锁轮转动起来也十分流畅。

罗丝将身体后倾，利用全身的力量把厚重的大门拉开，然后走过去，探头朝里看，“这是在开玩笑吧！”她低声道。

蓝荧荧的胶质渐渐逼近，杰克使劲往后贴在地上。当那头生物向前蠕动时，它的身体突然晃动了一下。它身上的蓝色胶质从网眼中缩了回去，然后，它竟然离开了。等它一走过，杰克就推开金属板钻了出来。那阵惨叫声戛然而止，仿佛有人关掉了声音。

杰克用最快的速度轻轻掀起第二块金属板。谢尔盖耶夫看向他，双眼圆睁，充满恐惧。杰克把手指放在嘴唇上示意，谢尔盖耶夫在狭窄的空间里做了个点头的动作。那些生物靠声音狩猎——拉苏尔的尖叫使它们发现了他。

那头生物停在了盖住谢尔盖耶夫双腿的金属甲板上。杰克把手伸进他双臂下方，用力一拽，把他往后拖——接下来，谢尔盖耶夫就能靠自己的力量爬出来了。两人迅速穿过通道，远离那两头生物。

“拉苏尔没救了，而我们依旧困在这里。”谢尔盖耶夫耳语道，“它们挡在我们和舱门口中间了。”

“如果我把它们引开就没问题了。”杰克对他说，“它们听见我发出的声音，就会追过来。你找个舱室躲进去。希望它们不会停下来检查别的地方吧。”杰克小声补充道。

谢尔盖耶夫摇着头，“应该由我来引开它们。我是一名战士，时刻准备赴死。你是情报机构的人——没骨气。”他浅笑一下，“瞧它们刚才的猎物，显然这些玩意儿更喜欢有骨气的人。”

“你说得对，”杰克承认道，“但我官阶比你高。无论你乐不乐意，都是我管事，而你只负责听命令。给我进去。”

他推开最近的舱门，把谢尔盖耶夫推了进去。他丝毫不在意自己发出的响动，也不在意前方的生物正缓缓挤过通道朝他移动。它们一开始动作很慢，但逐渐加快了速度。不过这正是他需要的反应。

谢尔盖耶夫在门口发出抗议，杰克挥挥手叫他闭嘴。

“你再抱怨我们都得死。给我进去，把嘴闭上！”

“是，长官。”谢尔盖耶夫犹豫了片刻，随后解开腰间的手枪皮套。他把皮带缠在手枪上，递给杰克，“或许能派上用场。”

杰克点点头。他们都知道不会管用，但这份姿态很重要，因为这意味着信任，“谢谢，我之后会把它还给你的。”

他们也知道这不可能，不过谢尔盖耶夫还是点点头，向他敬了个礼，随后退进门内。

杰克边跑边用力跺脚，听见自己急促的脚步声响彻整艘潜水艇，希望那两头生物都会追过来。

很快，他就跑到了通道尽头，进入潜水艇那宽敞低矮的舱室里，孤身站在道路尽头，“你在搞什么鬼，杰克？”他大声说着，四处寻找逃生之路。哪怕只有一线生机也好。

好吧，就算他要死在这里，也要尽力撑到最后一刻。舱室里有一扇厚重的圆形舱门，它已经因生锈而关不上了。杰克整个人抵在舱门上，勉强能将其挪动。舱门极其缓慢地闭合起来。还差一点儿了。一只蓝色的发光触手沿着门槛伸进来四处摸索，掠过杰克头顶。他铆足力气推了最后一下。

门的重量终于破开锈蚀，铰链也突然变顺滑了。舱门轰然关闭，杰克迅速转动锁轮将其锁死。门外传来痛苦而愤怒的尖叫，令人毛骨悚然，厚重的金属门几乎隔绝不了多少音量。

门内，一只断掉的触手在他身后剧烈扑腾着，在房间里横冲直撞。它撞上一排装鱼雷的架子。架子倒了下来，沉重的圆柱形炮弹全都滚落在地。其中一枚炮弹压住了触手根部，那东西一阵痉挛似的抽搐，然后渐渐没了动静；而杰克则满舱室乱跑，一边躲开那些炮弹，一边祈祷它们不要爆炸。

最后，一切总算安静下来。杰克坐在一枚鱼雷上叹了口气，嘴里咕哝道："这都是什么日子啊。"

他瞥了一眼舱门，看着它不停地颤动，门框也绷得紧紧的。外面那些生物用尽全力想要破门而入。

8

罗丝谨慎地穿过巨大的房间。这里就像一座用锈蚀金属堆砌而成的大教堂，房间表面的每一寸都覆盖着灰尘或锈迹。电线和破碎的零部件散落满地。暗淡的灯光照亮房间，仿佛是从墙壁、地板和屋顶透出来的。奇怪的是，控制台的面板上摆着一块写字夹板。它看起来平平无奇，却与这里格格不入。

她首先想到，这可能是一艘潜水艇——或许是实验型，配备开放式驾驶舱那种。可是这里的技术看起来实在太奇异了，不是俄罗斯风格的那种奇异，而是外星风格的奇异。穿着脚蹼和换气管的球形水下外星人？她还是现实点儿吧。

她靠近面向大仪表盘的主控椅，紧接着便意识到，椅子上竟坐着个人。或者说，曾经坐着个人。那具尸体向前倾倒，仿佛全身骨头都被压碎了。尸体腐烂干瘪，跟木乃伊差不多。

飞船另一头还有一道舱门，跟进来时那道门差不多。舱门旁边有一片摆满了低矮卧榻的空间。那可能是休息区，也可能是医疗室。床上铺着的被单又破又旧。罗丝从被单缝隙间看到了形似尸体的东西——人类尸体。她紧张地吞了下口水，跑向了舱门口。

这道舱门跟刚才那道一样很容易打开，只是开门时，她一直担心外面有东西等着她。

事实上，门后是个洞穴——几乎跟船舱一样大得惊人，只不过洞壁上是布满藤壶[1]的岩石，而不是锈蚀的金属；覆盖表面的是各种藻类，而不是灰尘。她脚下是一块从水里凸起的岩石，水花拍打着石头边缘。洞顶的石壁向远处延伸，逐渐下降，然后缓缓没入水中。离开这里的唯一方法就是游出去。

这里的光线很奇怪——敞开的舱门透出微光，清澈冰冷的水面映照出点点月光。在这样的光线下看不出太多细节，但这里显然没有任何有意思或有用处的东西。罗丝转身准备走回船舱。

突如其来的水花声惊得她转过头去。有什么东西过来了——浮出水面，溅起水花，又咳又喘，踉跄着朝她走来。那是一道微光里的剪影。隐隐出现的身影双臂张开，不受控制地颤抖着。

她难以置信地看着那道身影踉踉跄跄地走到从水面凸起的岩石上，随后跪倒在地。

“差点儿被你吓死了！”罗丝说，“你到底在干什么？”

“我觉得……”杰克的牙齿抖得厉害，几乎说不了话。他抬头盯着罗丝，面色苍白，浑身发颤，“我觉得我要冻死了。”他

1. 白色锥形、有石灰质外壳的节肢动物。

好不容易挤出一句话来。

“可不是嘛。”罗丝说着，紧紧抱住了他。

门没关紧。索菲亚·巴林斯卡若有所思地敲了敲门边的木板。那个叫罗丝的女孩来过这里——她把车停在外面，踢坏了办公室的门锁。她看见了什么？她知道了什么？

如果她进了隧道，就会发现那艘飞船。她可能不明白，可能意识不到那意味着什么。不过博士一定明白。

索菲亚可不想冒这个风险。她打开门，走进地底的黑暗中。

杰克还在抖个不停，但似乎不再觉得自己要冻死了。罗丝设法从杰克的怀里钻出来，为此不得不献出了大衣。他裹着大衣坐在飞船里空着的椅子上。至少现在，他已经恢复到能对周围环境产生兴趣的程度了。

“所以是谁怂恿你下海游泳的？”罗丝想知道发生了什么。

杰克站起来不断跺脚，又把罗丝的大衣裹紧了些，“不下海游出来，我就要和那些圆球生物碰面了。”他说。

“哦，我见过一个。”

“它们把我们困在潜水艇里，还害死了拉苏尔。我想谢尔盖耶夫应该逃出去了。希望如此。”

“那你又是怎么逃出来的？”罗丝带他来到摆着床的地方。

“我把自己关在了前舱的鱼雷室。无路可逃，”杰克说，“好吧，其实有条路可以逃出去，就是办法有点儿极端。”

“你身上带了开罐器？”

“差不多吧。我打开鱼雷发射管，把那地方给淹了。等水不再往里灌，我就顺着管道游出去了。”

“这听起来真的很危险。”罗丝说。

“确实很危险。我还以为自己再也暖和不起来了。”

“既然如此，你还是把大衣还给我吧。”

“所以，这都是些啥？”

“不知道，我还指望你这个专家告诉我呢。”

“坠毁的老旧太空飞船，求救信号的发射源。被单底下是什么？”

“几具尸体，状态跟那边的飞船驾驶员差不多。看起来是人形。”罗丝说着，扯开旁边床上的被单。

“你确定？”杰克小声说。

罗丝愣住了，“这是什么鬼东西？”

会议厅已经多年无人使用，但莱文上校依然认为这是最适合把所有人召集到一起的场所。几名士兵抬出了一大堆箱子，里面装着文件和乱七八糟的东西，另外几名士兵则负责打扫地板。

其中一支小队在发现无线电断联后马上从码头返回了，其他人则不见踪影。莱文相信，他们能照顾好自己，只是在等大雾散去。博士则不太确定。他本以为这会儿应该能见到罗丝和杰克，虽然还没开始担心，不过已经有点不安了。

与平静的莱文相反，克列巴诺夫怒火中烧。博士侧坐在椅子上，双臂交叉，他在研究负责人又一阵疾风暴雨般的咒骂中憋住了哈欠。

“你霸占了我的研究所，在里面塞满了你的部队，又纵容米宁的官僚主义幻想，跟你的手下也断联了。现在，还让我发现你从村里请了个老工人来喝酒！”

莱文扬起一边眉毛，“无线电断联只是天气导致的暂时现象，”他说，“米宁正在帮我核对供应情况，我们必须知道这里有什么设备和设施可供使用。至于这位老人……”他转过头看向周围，显然想等自己的手下做出解释。

博士轻叹一声，举起一只手，“他是我带进来的，”他承认道，“这位也不是什么普通老头儿，他是帕维尔·瓦伦的父亲。他想看看儿子的尸体，而我当然不会因为某个好管闲事的主管会生气而拒绝他。”他笑着对上克列巴诺夫的怒视，“哦，对了，不是天气原因。”

“你说什么？”

“我是说无线电断联的问题，不是因为天气，而是因为石圈的那些石头。有种类似石英的物质像岩脉一样穿过整块石头。”

他看向凯瑟琳，她点点头以示赞同，“那种物质会产生谐振，就跟石英一样。”她说，“博士认为那些物质能量巨大，足以影响任何传输装置。”

“胡说八道！”克列巴诺夫说，“真是这样，我们早就受到影响了。”

“你们确实受到影响了，”博士对他说，“日志上都记载了。而且奇怪的是，亚历克斯和我都发现那些影响好像跟死亡出现的时间一致。哦，是的，”他又对莱文说，“这也不是什么新鲜事儿了。”博士站了起来，“如果话都说完了，我还有事要做。大家都一样。”

“真的？”克列巴诺夫冷笑道。

“真的。”博士阴着脸回复道，“莱文需要组织巡逻。一些可怕的东西在外面转悠，我们得知道它们是什么，在哪儿。鲍里斯和凯瑟琳需要分析我带来的怪石样本，看看能不能找到中断无线电干扰的方法。我和亚历克斯还要做进一步调查，同时也要找到罗丝和杰克。要说这里谁最能遇到麻烦，那两个人是当之无愧的冠军。而你……”他耸耸肩，“我不知道，我猜你肯定能找点儿事做。”

会议结束时，莱文告诉他的手下，他将分别与他们谈话。研究学者、米宁和博士识相地悄悄离开了会议厅，唯独克列巴诺夫跺着脚大步走了出去。

“他什么毛病？”回到亚历克斯·米宁的办公室后，博士问他。

“克列巴诺夫？他喜欢管事，很害怕失去权力。”

“他什么背景？从哪儿来？”

“我不知道。”

“我还以为你能查到所有档案呢。”

亚历克斯点点头，“确实能，不过克列巴诺夫没有档案。我到这个地方时，他就在这里了。他在这里待得比别人都久。而且，他看起来比实际年龄年轻许多。”

“我不也是吗？”博士嘀咕道。

“如果你需要，我可以带你去看那些档案。有整整一屋子呢。”

“应该挺有意思。”博士同意道。

亚历克斯大笑起来，“我可不知道什么是有意思。”他带头走出办公室，穿过通道，“以前我还问克列巴诺夫要过他的档案，结果他大发雷霆。从那时起，他开始对所有人说我在追问猴子的事儿。我猜你听说过这回事吧？”

“对，有人提起过。”

“现在我真希望自己从未提过那件事儿。不过，当时我确实感觉那挺重要的。”

“是吗？”

那件事明显还是亚历克斯的痛处之一，“我是说，”他说，“我知道那是我来之前就存在的记录，所有资料都整理归档了。

那些类人猿——他们管那些猴子叫这个名字——类人猿都已经运出，在码头的供应船上卸下它们时还有人签收，然而没人知道它们到哪儿去了。显然不在这里。但是在诺瓦罗斯科这样的地方，到底有什么人需要半打猴子呢？”

“好吧，我从来没见过这样的东西。”杰克承认道。他已经不怎么发抖了，但依然把罗丝的大衣像披肩一样披在肩上。

“我也没见过。”

“我猜也是。”

“谢了。”

两人直愣愣地看着床上那具尸体。它跟飞船驾驶员一样陈旧腐烂，但好像属于一个完全不同的物种。事实上，它看起来不止有一个物种的特征。它身体的某些部分像人类，或者说，曾经像人类，而另一些部分则像是嫁接上去的。不过，这个组合也可能是反过来的。

总之，最后生成的是人与动物的恐怖结合体。干枯皱褶的死皮为暗淡无光的毛皮所替代。嘴巴周围紧绷干裂的皮肤骤然变成了脆弱的深色吻部[1]。本应该是脚的部位长着猿猴似的修长足趾，骨节凸显，弯曲蜷缩成拳头状。

1. 吻部，动物的嘴，也指低等动物的口器或头部前端突出的部分。

“《弗兰肯斯坦》和《人猿星球》混到一块儿了[1]。”罗丝说。

杰克正在检查其他床位，被单底下都躺着类似的尸体，总共有六具。“这里到底发生了什么？”他疑惑道。

他们还没推测出结论，飞船另一头的舱门就猛地打开了。索菲亚·巴林斯卡走了进来，“我就知道能在这儿找到你。”

“没关系，是那个女警官。”杰克说。

罗丝挡在他身前，不让他走过去，“太有关系了，”她对杰克说，“她刚才还老得能原地去世，然后在一张椅子上返老还童了。”

杰克看了看罗丝，又看了看索菲亚。后者正抱着双臂，饶有兴致地看着他们。

“真的吗？”杰克问。

“真的。当然，那件事发生在她想要杀死我之后。”

索菲亚放开双臂，朝他们走来，“这回我会利索点儿。”她扑了过来，没有一丝疲惫和苍老的感觉。当刀朝罗丝刺过来时，她认出它是厨房里的那把齿刀。

轰鸣的枪声盖过了索菲亚的叫喊。齿刀飞了出去，她紧紧抓

1.《弗兰肯斯坦》是英国作家玛丽·雪莱创作的科幻小说，讲述了生物学家弗兰肯斯坦尝试用不同尸体的各个部分拼凑成一个巨大人体，并让它获得生命变成怪物的故事。《人猿星球》是法国小说家皮埃尔·布尔创作的科幻小说，三名地球人乘坐宇宙飞船到达外星系中的一颗行星，发现世界被猿猴统治，人类没有思考和语言能力，与其他动物毫无差别。

着满是鲜血的手。杰克双手举枪站着，罗丝的大衣从他身上滑落。

第二枪打中了索菲亚的胸口，使她失去了平衡，身体猛地向后倒。

罗丝抓起大衣，“快跑。”

索菲亚胸前一片鲜红，她沾满鲜血的双手在地上胡乱抓摸，终于找到平衡撑起身体，然后挣扎着站了起来。

杰克又开了一枪，然后一把抓住罗丝的手，拽着她跑了起来——朝医疗室跑去。

“不，不，”她抗议道，“我们得从隧道出去。”

但杰克没有听。他拉着她跑到洞穴里，用力关上了舱门。

“她已经死了。”罗丝说。

“你确定？我刚才可没时间检查。”他转动着舱门外侧的锁轮，“这东西应该能锁上才对。”

“为什么？”

“因为我们需要它锁上。”

“那现在该怎么办，智多星？我还以为你今天已经游够泳了。”

“我是游够泳了，”他微笑着说，“所以这次我们走楼梯。”

“你说什么？”罗丝转过头，看着杰克指的方向，“哦，好吧。”

有人在飞船嵌入洞壁的地方凿出了一段台阶。由于阴影遮盖，罗丝刚才没有发现那个地方。这也难怪，毕竟她刚才一直在忙活，免得杰克被冻死。

“我能猜到这段台阶通到哪儿。”杰克说着走在了前面。

罗丝跟了上去，边走边穿上大衣，“很好，因为我根本不知道自己在哪儿。”

台阶顶端有一扇门，看起来很普通，就跟办公室的门差不多。门开了几英寸，然后就纹丝不动了。当杰克用肩膀使劲推门时，罗丝听见门后传来重物摩擦地面的声音。她从扩宽的门隙看进去，发现一大堆纸箱把门给挡住了。

门彻底卡住了。罗丝也上去帮杰克推门，可是无济于事，“我们不可能穿过去。”她说。

话音未落，她就看见一双手出现在门的另一侧，并开始搬走箱子。

“那是朋友还是敌人？”罗丝耳语道。

“很快就能知道了。”

门终于打开，里面是个小房间，地上堆满了纸箱，到处散落着纸张。对面墙上是一整面金属置物架，上面也摆满了纸箱。

一个头发灰白稀疏、穿着皱巴巴西装的高个子男人站在房间中央，他旁边则是博士。

“哦太棒了，原来是你！”罗丝说，“喂，你肯定猜不到我们找到了什么。”

博士朝他们身后瞅了瞅，不过他也只能看到一堵石墙，以及深入洞穴的楼梯，“那一定就是通往旧飞船的秘密通道了，对不对？”他咧嘴一笑，一边搂住罗丝，一边猛拍杰克的后背，“棒极了！”

9

亚历克斯·米宁一脸困惑，“我从不知道那儿有扇门。”

“门是藏起来的。”博士回答，“有人故意把这堆纸箱放在这里。”

“还有飞船？”米宁紧张地大笑几声，仿佛想表现出他知道他们是在开玩笑。

“对，飞船。”博士对他说。为了说明，他把一只手掌摊平，摆成飞船的形状划过两人中间，还模仿了几下飞船飞行的声音。

“老实说，我觉得我不明白。”米宁支吾着说。

“你当然明白。哪怕在这个地方，你应该也能看点儿《星际迷航》[1]吧。”

“就是里面有个角色叫斯波克斯基的影片。”罗丝热心地补

1.《星际迷航》是一部著名的科幻影视系列剧，讲述了未来世界的人类已经学会和平相处，他们和来自不同星球的智慧生命组成了星际联邦，向着前人未至之境勇往直前的故事。下文中罗丝提到的斯波克斯基其实是该剧的主角之一斯波克，他是一名外星人，在詹姆斯·T.柯克舰长的“进取号”星舰上担任科学官及大副。罗丝是将其名字俄罗斯化了。

充道。

“飞船？”米宁说。

“飞船，”杰克确认道，“附赠一个心狠手辣、丧心病狂的女警杀手僵尸，免费哟。”

“应该叫心狠手辣、丧心病狂的大刀女警杀手僵尸。”罗丝提醒道。

“巴林斯卡？”米宁轮番看了看两个人，十分确信他俩都疯了。

“那就能解释好多事情了。”博士说，“好，我们出发吧。”

“好主意。”杰克赞同道，“我建议制订一个三管齐下的计划。以下目标不分先后：飞船、致命荧光圆球生物，还有石圈。”

“等等，”米宁做了个深呼吸，“什么致命荧光圆球生物？”

“应该就是外部遥感装置。”博士回答，好像这答案很明显。

“外部遥感装置？”罗丝重复了一遍。

博士点点头，“应该不是问题。”

“它们在杀人呢！”罗丝指出。

“对，本应该不是问题，可现在却成了问题。”博士缩着腮，抱着双臂，“有人在乱折腾。”他看向米宁，小声说，“和猴子有关。”

“哦对了，还有件事儿，”罗丝插嘴说，“底下还有些尸体。”

博士竖起手指按住她的嘴唇，“先说重要的。亚历克斯——

你去找莱文上校，告诉他那些失踪的士兵恐怕都成了圆球怪的猎物，他已经无力回天了。然后把他带到飞船上去。”

“他肯定不信这底下有艘飞船，”米宁说，“连我都不信。”

“等他看到就会相信了。”杰克对他说。

“飞船几个世纪前在这里坠毁了。搞不好是几千年前。”博士说，“船员应该死光了。”

“对。”杰克说。

“它原本坠落在山崖脚下，也有可能在海里。不过随着时间推移，陆地演变，现在它掩埋在山崖底部，靠近这座研究所，它们就通过那扇门连接。”

“等等……”米宁指向敞开的门，“如果谁也不知道底下埋着飞船，为什么会有人安了这扇秘密大门？”

“你这个问题问得太好了。”博士说，“你先去叫莱文上校，我们会想办法找到答案。”

下到飞船的路上，杰克和罗丝把各自的经历告诉了博士。博士问了几个问题，做了几句评价，但当杰克描绘在潜水艇里拦截他和其他士兵的生物时，博士喊道：“蓝色？难道没人知道用这个颜色来代表危险很俗套吗？”

“那可能是在你的家乡，在我们这儿通常是用绿色来代表危险。”罗丝说，“我并不关心危险是什么颜色的，总之……它很危险。”[1]

“好吧，我的意思就是——是很危险，但也没什么新意啊？”博士嘲笑道，“拜托，要是你们的性命受到威胁，不如让一切好玩一点儿吧。”

“毕生难忘的旅行。”罗丝咕哝道。

舱门还关着。博士上前转动锁轮，杰克把手搭上他的肩膀，“你确定要进去？”

“对啊。”

“大刀夫人可能在里面等着呢。我给了她几枪，可她看起来对枪伤不太感冒。”

“可能不会。她已经吸了一会儿诱变还原增强能量[2]，而且剂量还不小。”

罗丝看向杰克，“他在说啥呢？”

“MRE，”杰克说，“简单来讲，就是生命力。”

“那为什么不说‘生命力’？”罗丝说。

“说明书又不是我写的。”博士抗议的同时打开了舱门，“不管怎么说，她这会儿可能跑回家里充电去了。”

“但愿如此，”罗丝说，“所以这些事儿你都知道了？认识

1. 罗丝这句话的出处是英国惊悚悬疑电影《绿色惨案》，该标题“Green for Danger”直译过来便是“绿色代表危险”。

2. 原文为“mutagenic revivification enhancement energy”，故有下文“MRE”的缩写。

这艘飞船吗？”

“通用型，”博士说，“不能非常肯定，不过这就是神秘学院[1]相当普遍的科技。”

“从没听说过那个地方。”杰克说。

“它很……神秘。”博士正在检查其中一具经过突变融合的尸体，随后难过地盖上了被单，“就像我说的，和猴子有关。有人在胡乱折腾受体。”

罗丝越听越不耐烦了，“你就不能直接告诉我们这里发生了什么吗？我们这些不讲外星语的人需要一个解释。”

“某些讲外星语的人也不反对。”杰克补充道。

“好吧。”博士走到看起来像主控区的地方，把飞船驾驶员的尸体从椅子上翻到地上，然后自己坐了上去。

罗丝目瞪口呆，“噢，真恶心。”

“可他已经死了，不是吗？”

博士朝两人挥挥手，示意他们找地方坐下。罗丝坐到地板上，杰克则倚靠着仪表面板。

“他可能在坠机时丧生了，至少他的身体说明了这一点。”博士说，“没发现多少毁坏的痕迹，可见自动修复系统已经把飞船修复了。可是驾驶员已死，飞船还是困在了这里。系统认为飞

1. 神秘学院为本书作者虚构的一个地名。

船缺少了某些东西，有可能部分组件还需要修复，也有可能需要新的组件，于是系统就发出了信号——快来帮忙，我们可能没油了，可能需要一个新的汽化器，或是别的什么东西。”

“系统把信号发给谁了？”

“没有专门发给某个人，而是发给了所有人。它只管把信号传送到太空里，一开始强度可能特别高。我们接收到的已经是最后的微弱信号了——因为能量越来越少，信号也随之减弱。”

“然后呢？”罗丝问。

“然后飞船又得到了更多能量。”杰克说。他点点头，仿佛事情的脉络已经变清晰了。可罗丝还是眼前一抹黑。

“没错。在准备起飞之前，飞船并不需要多少能量，只要能够维持系统运转，并且持续传送信号就好。现在它能从环境中吸收能量。热能、光能、风能，什么都行。”

“生命力。”罗丝小声说。

博士点点头，“还有生命力，但理论上，并不只有那个。总而言之，飞船竖起了天线，开始吸收能量。”

“天线？”

“立石。”杰克对她解释道，然后转头向博士问道，“对不对，博士？我们就在立石底下。”

“这艘飞船是石头做的？”罗丝看了看周围的仪表盘——她意识到自己以为是脆性塑料的东西其实是石头，是经过雕琢的薄石片……

“差不多吧。那些石头就是天线，从土里钻出来，直到能接触到日光。”博士说，“它们负责吸收能量，跟那些外部遥感装置，也就是那些圆球怪是一样的物质。只不过立石经过固化，可以抵御天气和时间的考验。归根结底，那都是些伪硅酸盐材质。”

“然后，但凡有人触碰那些立石，”罗丝说，“他们就会被吸光生命力。”

“我怀疑那并不是设定的初衷，有人篡改了系统。飞船只需要一个恒定的能量流，涓涓细流即可。它本身设定为接收一切形式和种类的能量，或许还有安全机制来避免吸收智慧生物的能量——包括人类。”他笑着补充道。

“哦，谢啦。”罗丝对他说。

“可现在，这些设定都变了。有人篡改了初始设定，转而让飞船只吸收一种能量——生命力，而且极有可能限定为人类的生命力。反正当我激活一小块石头时，它不喜欢吸收我的能量，而凯瑟琳的能量却正合它意。可见，它已经偏离了初始设定，只对异种感兴趣了。”

“你是说我们。”

“我是说你们。”

“等等，你说的‘激活’是什么意思？”罗丝问。

“那些石头不会一直吸收能量，要飞船需要能量时才激活。

那是一种全自动机制。除非有其他需要能量的地方，才会有人把它手动激活——通常是飞船驾驶员来干这活儿。”

“但是有人改变了设定，所以他们能随时激活那些石头，以便吸收生命力。”杰克说。

“不用猜也知道是谁。”罗丝说。

“可是，现在一切都乱套了。”杰克说，“外面有好几个圆球怪到处杀人，立石也越来越饥渴难耐。难道这都要怪大刀夫人巴林斯卡的脑子短路了？”

“不太像是她的错，”博士说，“应该另有其人。”

杰克摇了摇头，“我早晚得抓住那帮家伙。你试过在黑漆漆的船舱里顺着灌了水的鱼雷发射管往外爬吗？”他想了想又说，“好吧，说不定你真的试过。说吧，到底是谁的错？”

博士盯着自己的手指甲，“其实，”他又抬头看向杰克，“是你的错。”

“什么?！”

博士耸耸肩，又开始欣赏他的手指甲，“你回应了求救信号，告诉飞船我们马上来接它，所以它开始为接受营救做准备，准备起飞了。”

“于是它需要更多能量，”罗丝说，“对不对？”

“对，立石吸收的能量不再够用了。尤其是到目前为止，只有打开这里的开关，立石才会在有人触碰的时候吸收能量。”

“开关？”

“对，那块面板上安装了一个极为粗劣的手动开关。”他朝杰克靠着的地方点点头，“你屁股别扭得太厉害，否则又会把它打开了。”

“那些圆球怪又是怎么回事儿？”

“外部遥感装置。能量不会自己送上门来，那它们就只好出去寻找了。它们会吸收能量，然后传送回飞船。因为它们传输能量占用了以太[1]，所以无线电受到干扰。”

罗丝回想了一下这一切，“太谢谢了，杰克。”她说，“干得好。”

杰克叹了口气，“我冒着刻意转移话题之嫌斗胆问一句：巴林斯卡为何更改系统，她要能量做什么？”

罗丝也想知道这个。她想起了巴林斯卡的脸——满是皱褶，苍老得无法辨认……“她很老了，对不对？所以她需要生命力来青春永驻。”

“有可能，这也是为什么要专门吸收人类能量。而且我怀疑不止她一个人。系统改动得十分厉害，必须经过大量试错才能达到现在这个状态。尽管大部分尝试都基于有根据的猜测，但我猜他们还是有可能在无意中得到了帮助。”

---

1. 以太是古希腊哲学家亚里士多德所设想的一种物质，为五元素之一。19世纪的物理学家认为，它是一种曾被假想的电磁波的传播媒质。

“我想知道她到底有多老。”杰克说。

“她看起来真的可老了。”罗丝对他说，“快继续啊，然后怎么样？”

“飞船继续收集能量，并尽可能地全都储存起来，直到飞船能够起飞。”

“只是它永远不能起飞了。”杰克指出，“飞船驾驶员已死，也没人前来救援。除非我们……”他撑起身体，转过去查看刚才倚靠的那块面板。

“没用的。”博士对他说，“这东西无论如何都飞不起来了。损毁和改造都太多了。”

“那怎么办——它就一直这样收集能量？”罗丝问，“一直到处杀人？”

“对。”

“这会持续多久？”

“到它起飞离开为止。”

罗丝盯着他，“可……那不就是永远啦？”

“对。除非我们能想办法把它的能量排空，甚至把应急储备也耗光。那样系统就会停止运转了。”

“那要怎么做？”杰克已经在控制面板前摆好了架势。

“不知道。我甚至不知道这主意能不能行，等我先仔细研究一下。”

“噢，你可真是救急的一把好手。”罗丝说。

“那现在怎么办？”杰克问。

博士张嘴准备回答，可有人抢先一步说了话。

“现在，要你死。”一个声音说。

声音来自杰克靠着的那块面板后面。他吃惊地转过去，正好看见血肉模糊的索菲亚·巴林斯卡站起来。

“我们会不断吸收能量，”她说，“直到永远。”

齿刀的刀身在灯下折射出一道冷光,然后刀向杰克直直刺去。

10

那个女人正拿着刀对准杰克的咽喉，博士看起来却毫不慌张，“你多大了？”他的语气仿佛在训斥一个学童，“我是说真实年龄是多少岁？”

他饶有兴致地在一旁看着。好在罗丝冲过去帮忙，让杰克松了口气。两人握住巴林斯卡的手——拼命把刀尖往上推。可她的力气实在太大了，她把全部体重压在刀上，想要刺下去。

“莱文说他好像见过你，而你告诉他那是你母亲。其实你在说谎，对不对？”

博士边说边站起来，悠然地走过去围观这场缠斗，“我觉得你早就在这儿了，对不对？可能早在海军和科学家到来之前。你甚至有可能是捕鲸站的一员。”

“能麻烦你拨冗相助一下吗？”杰克喘着气说。

“但你不是一个人完成这些的，对不对？”博士说完好像才反应过来杰克说了什么，“哦，好吧。”

然而杰克恼怒地发现，博士并没有帮他们顶住刀子。利刃又一次逼近，罗丝有点抓不住了——她拼命想握住巴林斯卡的手腕，但她的双脚却在地上打滑。至于博士，则好像整个儿消失了。

下个瞬间，一切突然结束了。巴林斯卡惊叫一声向后倒去，刀子掉落在地上。罗丝迅速把它捡起来，杰克则从控制面板上直起身。

“出什么事儿了？”杰克问。

面板另一头传来博士的声音：“我给了她一记扫堂腿。”他从面板后面露出兴高采烈的脸，还朝他们挥了挥手，“快过来看。”

巴林斯卡脸朝下趴在地上，博士踩着她的背，仿佛她是刚到手的猎物。地上的女人一动不动，但博士还是用脚牢牢踩住她。

“你还没回答我的问题。”他对她说，“但我打赌你能感觉到，对不对？在你脑中残存了一丝来自飞船驾驶员的生命力。他的精神力量本能地引导着你去修复系统，并尽可能活得久一点儿，好让飞船重新起飞。”

巴林斯卡没有动。

“你是说，他根本没死？”罗丝问。

“哦，他跟渡渡鸟[1]一样死透了。只是他的意识，或者说一部分意识，还活在系统中。它们处于共生状态。飞船驾驶员与飞船是一体的——他的身体已经死了，意识却残留在飞船上，像信

1. 渡渡鸟，产于印度洋毛里求斯岛，是一种不会飞的鸟，因人类活动和捕杀于1681年灭绝。

息一样扩散出去。所以呢？”他问巴林斯卡，“你发现了飞船，听见飞船驾驶员在你脑袋里说话，对不对？”

“所以她才有能力改造系统。”杰克恍然大悟。

“对，她和她那些身份不明的朋友，不管他们是谁。他们想长生不老，可实际上是飞船和驾驶员想让他们长生不老。或者说，让他们一直活到飞船完成修复。讽刺的是，为了让这些小帮手活着，飞船就得一直瘫痪下去。”他用脚推了推巴林斯卡，“我知道你清醒得很，”博士对她说，“所以还有谁跟你是一伙的？还有谁觉得他们的命属于他们自己？”

她用愤怒的低吼回答了他。巴林斯卡猛地翻过身来，一跃而起。杰克尝试着抓住她，可她跑得实在太快了——瞬间就窜过去，飞速跑向通往洞穴的舱门口。

还没等她跑到那里，舱门就打开了。莱文上校出现在门后，手里还拿着枪。他看见朝他冲来的女人，惊得愣了愣。

“上校，拦住她！”杰克大喊。

几名士兵跟随莱文走了进来，他们举起步枪。莱文高声喝令：“站住！”

巴林斯卡不为所动。

莱文犹豫了片刻，“站住，否则我开枪了！”

巴林斯卡几乎要冲到他们跟前了。

“开枪！”杰克大喊。

或许是出于恐惧，或许是意识到了危险，也可能是下意识地服从命令，离她最近的士兵开了枪。

子弹猛烈地射向巴林斯卡，冲击力使她向后仰去。她呻吟了一声，倒在地上。

莱文抬手示意停止射击，所有士兵一齐缓慢靠近躺在地上的巴林斯卡。

“我建议你们小心点儿。”博士提醒道。

话音刚落，巴林斯卡就一跃而起，全速冲向士兵。刚才开枪打她的士兵目瞪口呆地看着那些枪眼。紧接着莱文开枪了。片刻之后，其他人也跟着开枪。

只有最早开枪的那名士兵没有行动，因为已经太晚了。巴林斯卡挥动手臂，狠狠打中他的脖子，他踉跄几步便倒在了地上。随即巴林斯卡一脚踢中他的下颚，只听咔嗒一声，她把他的脖子扭断了。巴林斯卡抓起他掉落的步枪，转过身，举起枪。

士兵们齐刷刷射出的子弹打得她连连后退，因此她的子弹基本都打偏了。不过有一名士兵肩膀中了一枪，另一名则胸膛正中几枪向后倒了下去。

巴林斯卡在自动步枪的火力下不怎么站得稳。她手上还抓着步枪，却无法将它瞄准。她好不容易转过身，又朝博士、杰克和罗丝的方向跑过去。

杰克和罗丝立刻卧倒，博士却毫无反应。巴林斯卡胡乱开了几枪，子弹打进地板里，博士脚边腾起一阵灰尘。他没有犹豫，转身就跑。

杰克转头看见博士跑到了控制舱另一头的舱门外，然后迅速消失在隧道里。

接着，巴林斯卡进入了他的视野——她举着步枪追在博士后面。她的衣服已经染红，胸口还有焦黑的弹孔。有一颗子弹几乎打掉了她的下巴，还撕裂了皮肤，让她下半张脸如骷髅般咧着嘴。不过，她好像丝毫没有减缓速度。

莱文和其他士兵很快便追到舱门口，可还是晚了一步。沉重的金属门在她身后轰然关闭，然后上了锁。

“这东西应该能从里面打开。”莱文说。

杰克爬起来，拍拍身上的灰尘，看了看周围改了布线的面板，其中几块满是弹坑的面板正冒着烟，“你想猜猜哪个是开门按钮吗？”杰克问。

“那条隧道通向哪里？”莱文厉声问道。

“巴林斯卡的房子。”罗丝说。

“你认识路？”

她点点头。

“你来带路。”莱文又指向其中两名士兵，“你们俩负责救治伤员。”

博士的计划——说不上有多好——是逃离巴林斯卡的同时不要中枪。要是他能一直跑在前面，说不定有机会看看她房子里的设备——根据罗丝的说法，这条隧道的尽头就是她家。只要看到设备，他也许能想办法切断她的能量供应。不过这计划有个问题：巴林斯卡始终在后面追赶他，时不时就有一颗子弹从他脑袋旁边擦过，或打进他脚边的地上，时刻提醒着他巴林斯卡占据优势。

或许他应该跳过查房的步骤直接逃跑。他待会儿可以跟罗丝和杰克在研究所碰头，然后再决定怎么处理那艘太空飞船、外部遥感装置，以及巴林斯卡。另外他注意到，当她提到永生时，用了“我们”这个词。所以，她大概还有一些志同道合的朋友，他们一起竭力维持着飞船完好无损。不过他早在听说猴子的事情后就猜到了……

“谁想长生不老啊？”博士边跑边嘀咕，“先活过今天就算开了个好头。”又一颗子弹擦身而过。他想知道那弹夹里究竟有多少存货，她又用掉了多少，枪上是否还装着第二只弹夹。他觉得，这串问题没什么帮助，还有点儿让人沮丧。

博士跑到阶梯口时，依旧能听见巴林斯卡紧跟其后。她喘着粗气，呼吸急促，却丝毫没有因为伤势而减慢速度。这是快速修复功能在起作用，可能来自飞船系统。这个他也得等会儿再来考虑。

他爬上台阶顶端，用力把身后的门关上。这扇门似乎无法上锁，他也来不及找到任何堵门的东西，只好转身继续跑。

别管楼上的设备了——晚点再回来看。他冲出巴林斯卡的房子，沿着道路飞奔起来，冰冷的空气顺着他的嘴灌进喉咙和肺部。这里有地方躲藏吗？不见得——她追得太紧了。在房子里也一样，躲在哪儿她都会看见。那只能继续往前跑，看能不能拉开距离，或跑到她筋疲力尽为止。

博士一路跑向港口。锈迹斑斑的起重机和废弃的起货设备在雪中突起——在灰色夜空的映衬下形成漆黑的影子。当他靠近海边，雾气蒸腾起来。这可能对他有所帮助，它们或许能为他提供足够久的掩护。

码头尽头出现了分岔口——是时候做出选择和决策了。他转向左边，几乎立刻意识到这是个错误。他来到了伸入海湾的防波堤上。前方无路可走，除非他跳进海里。甚至连这都不管用，博士从侧面瞥了一眼，发现海面已经结冰了，看起来就像一块白色的地毯——哪怕隔着雾气，他在上面也无处可藏。

子弹沿着道路飞过来，他几乎能听到巴林斯卡的怒吼了。他的肺在灼烧，冰冷的空气刺痛了他的脸颊，冻得他耳朵火辣辣地疼，“下一次，”他喘着气说，“一定要换一对小点儿的耳朵。”

当他走到防波堤的尽头，前方出现了一道黑影——一艘歪倒的潜水艇。希望渺茫，他的体重恐怕会让它沉下去。说不定那里面已经淹了一半。又一串子弹打在他脚边，卷起片片雪花。他失望地想，这是个死亡陷阱啊。

潜水艇旁有道清晰的剪影，那是一堆铁桶和板条箱。他可以躲在那儿，或者至少用它们掩护一下。又一串子弹打来，博士纵身跳起，手忙脚乱地爬上一个箱子，躲到最近的铁桶后面。他发现自己能看清了，微弱的蓝光笼罩着四周。子弹在他身边弹开，博士发现自己蹲在一只油桶后面。

“这可不妙！”他大声叫道。不过桶也许是空的。他尝试着推了一下，油桶纹丝不动，“这可太不妙了。”

他周围还有十几只桶，里面装的可能都是柴油，它们或许再也等不到机会给旁边那艘潜水艇补充燃料了，“燃油、枪火、鱼雷和导弹……真真不妙啊。”

他四处寻找能帮上忙的东西，什么东西都成。他小心翼翼地越过桶顶探头一瞅，发现索菲亚·巴林斯卡正缓缓走上防波堤，把枪对准前方时刻准备射击。她的脸上混着红色的血和浅蓝色的光。那些光来自哪里？

事实上，那些光好像越来越亮，似乎从他身后的防波堤尽头慢慢过来了。

一头可怕的胶状生物爬到路面上，一点点朝着博士躲藏的方向滑行。它伸出一只触手，打到博士身边的油桶上，然后收回触手，把桶拖向自己。油桶刮擦着箱子倒下来，轰的一声落在地上，开始滚了起来。

突如其来的动静惊得巴林斯卡开了火。

另一只触手甩过来，落在博士身边。紧接着又是一只。那生物滑动得越来越快，抖动着、闪着光向博士逼近……还伸出了更多触手。

枪声再次响起，滚动的油桶上出现一排参差不齐的弹孔，里面的深色液体洒在雪地上。

一只触手甩到博士身上，蜷曲着、拉扯着、扭动着将他缠绕起来，然后开始往回拉。他能感觉到自己的力量渐渐流失。

枪声又响了起来。

油桶着火，发出一阵轰鸣。

火焰顺着油桶洒下的燃油一路向博士和油桶堆的方向蔓延而来。

一只触手打中油桶堆。桶全都飞起来，在空中翻滚着，落到地上滚进火中。

然后爆炸发生了。燃油四溅，熊熊烈火照亮了浓雾笼罩的夜空。一团团火焰蹿向拼命想挣脱触手的博士。

11

一道漆黑的身影从火红的迷雾中走了出来——索菲亚·巴林斯卡四下张望，时刻准备射击。博士拼命地拉扯着缠在他腰上的触手，想从中挣脱出来，但没有成功。

不过，他没有继续变得虚弱下去。就像之前在实验室里一样，他能感觉到自己的力量在一点点恢复，因为缠住自己的生物——或者说飞船系统，对他的生命力不感兴趣。尽管情况十万火急，博士仍留意到那头生物停止了前进。甚至早在评估他的生命力之前，它就减慢速度，停了下来。他没时间去思考原因——巴林斯卡已经看见他了。

索菲亚发出一声胜利的欢呼，她的声音几乎淹没在火焰的咆哮之中。她把枪口举了起来。

触手迅速松开博士，把他留在酷热呛人的空气中喘息。紧接着，那头生物往旁边一冲，显然是发现了更好的能量来源。触手向巴林斯卡直直伸去。

在她扣动扳机的瞬间，触手把枪扫到了一边。子弹射向空中，消失在黑烟之中。除了几抹火光，浓烟遮蔽了所有光线。又一只触手甩了过来。巴林斯卡的尖叫声渐渐变弱，她两眼圆睁着向博士伸出双手，仿佛在向他乞求帮助。

他只能眼看着那头生物把她拖过码头，在雪地上留下一条黑色的痕迹。它一边往后退，一边尽量避开火焰。博士站在一旁，背对着烈火，黑烟像雾气一样缭绕在他身边。他看到索菲亚·巴林斯卡的脸迅速干裂皱缩，消失在黑暗中。

当码头发生爆炸时，罗丝正好来到小酒馆外头。她带领士兵们从巴林斯卡的住所出来，走回码头。即使隔着浓重的海雾，她依旧能看见冲天的大火球。她感到脸上有一股热气，便立即停下了脚步。杰克走在她旁边，莱文和三名士兵则紧紧跟在他们后面。

小酒馆的门突然打开，几个人从里面跑出来察看外面出了什么事。

“在干船坞那边，”有个人说，“可怜的老伙计尼古拉平时就把备用燃油放在那儿，因为他不想让它离‘里科夫号’太近。”

“是博士做的？”莱文边说，边挥手示意手下向前走。

“还能是谁？”罗丝对他说，“我们快走吧。”

当他们走近码头时，前方整条路好像都着火了。街灯的亮光竭力穿透滚滚浓烟和层层迷雾。码头的尽头燃烧着。一道孤零零的身影从火中走了出来——黑色的影子映衬在火红的烈焰下，那是博士。

“我的针织套衫都烧坏了。”他边走向他们边抱怨，“你看。”

罗丝把他拉过来紧紧抱住。

“现在你又把我的衣服挤皱了。”他咧嘴笑着说。

“那个女人在哪儿？”莱文问，“巴林斯卡呢？”

士兵们沿着码头摆好阵形，举起步枪对准火焰，随时准备射击从炼狱中走出来的其他人。

“她不会来了。”博士说。他搂着罗丝沿着码头往回走。

“博士，你做事非要闹点儿动静，对不对？”莱文说，“现在，能麻烦你解释一下这里到底发生了什么事吗？”

“上校，这可是按需知密事项。”杰克说。

“他确实需要知道。”罗丝提醒道。

“真的？哦，好吧。”杰克点点头，“去小酒馆？”

“那里根本算不上是保密环境。”莱文说。

“确实，”杰克对他说，“不过你可能需要来一杯。”

“可能得来好几杯。”博士转头对他们说，“希望旁听的人都……靠得住。”

莱文跟他的手下专心地听着博士的故事。大多数村民还待在小酒馆里喝酒，他们此时也都围了过来。当博士的话音落下时，所有人都一言不发。罗丝想，这些村民看起来比十分钟前清醒了许多。

“你相信我说的吗？”博士问。

“我想不到更好的解释，”莱文承认，“姑且把你的说法认定为可行的假说吧。”

“有道理。”罗丝说。

“你认为我们该怎么做？我们可以把飞船挖出来，然后把它炸成碎片。”

杰克摇摇头，“那样做会释放一股长年积蓄的巨大能量，爆炸会造成不可估量的破坏。”他微微一笑，“使用说明书上写的。”

“对，”博士赞同道，“而且那并不能让外部遥感装置停下来。它们会持续不断地收集能量，想为飞船提供足够的动力让它完成修复。”

小酒馆的另一头出现一阵骚动，他们随即终止了这场谈话，没有再深入讨论下去。有人在大声叫喊，人们都拥向门口。

罗丝望着门口，恰好看见老格奥尔基跌跌撞撞地走进来，手里还握着一根白色手杖。他一边在身前挥舞着手杖，一边蹒跚地走向吧台。几个当地人连忙跑过去帮他。

“那些东西来了！”格奥尔基大喊着，“我在脑子里看见了。它们会发光，要狩猎，要屠杀……冲着我们来了。”他瞪大了失去视力的双眼，茫然地盯着扶他落座的人。

“那是谁？”杰克问。

“格奥尔基。”罗丝告诉他，“他曾见过烧炉工的死——就是那个让发电机不断运转的人。格奥尔基看见了整个过程，差不多是用他的脑子看见的。”

“哦，当然了。”杰克说。

“他真的看见了！”

“这有可能。”博士低声说。

“你不是认真的吧？”莱文反问。

“飞船通过某种方式与外部遥感装置沟通，可能是利用精神频率。如果这位老人的阿尔法波与其频率相近，那他的精神或许能够连接到飞船上。他实际上很有可能看到外部遥感装置向飞船反馈的实时信息。”

“所以，我们能预测它们的行动吗？”罗丝问。她看到有人给格奥尔基递了杯酒，老人一口就喝光了。

“它们在来的路上了！”他失声说，“我们必须离开这里——现在！”

“这是预警系统，”杰克小声说，“我想这确实有可能。”

博士用力点点头，“如果他能接入频率，他说不定可以向外部遥感装置传送不同的指令。他或许能够屏蔽飞船发出的命令，甚至亲自控制那些装置。”

“他看起来可没那个精神头。”罗丝对他们说，“他年纪大了，又吓坏了，如果他再喝下去，就连站都站不稳了。”

博士想了想，“我需要一点儿时间。”

莱文饶有兴致地听着，“你真觉得这会管用？”他问。

“如果他的频率能与其同步，”博士缓缓说道，“我们就成功了一半。我能帮他集中精力，但我们需要找个能让他专注的安静场所。”

“我们还剩多少时间？”杰克问。

靠近大门的窗户突然爆裂开来，碎玻璃渣如雨倾下，发光的触手伸了进来，飞快地穿过房间，把桌子撞向一边，接着撞倒了许多椅子。又一只触手打碎了另一扇窗户，紧接着又是一只。

“不太多。”博士说。

门突然被撞开，门口那头不断闪烁着蓝光的巨大生物挤了进来。木头门框在它的挤压下支离破碎。触手横扫整个房间——把酒杯、桌子和人都撞得东倒西歪。

搀扶着格奥尔基的男人被触手侧身一击。那只触手卷曲起来，将他裹住。那个男人的脸迅速皱缩，他发出尖叫，瘫倒在地。

“退后——所有人远离门口！”莱文大喊道。

他的手下条件反射地摆出防御阵型，所有武器对准门口那头蓝色怪物。有人先开了火，紧接着是另一个人，很快，所有人都开始射击。那个东西的蓝色身体上冒出一个个黑色的小洞，仿佛它沾上了粗胡椒粒。可是，那些小洞一出现又马上合拢了。

一串子弹打断了触手末端，它从主肢上断裂开来，砸在了地板上。不过那算不上胜利——因为那一小块触手不断地收缩弹跳，差点儿打到一名士兵。士兵慌忙躲开，他的脸上吓得失去了血色。

“后门！”杰克大声喊，“大家都从后门出去！”

“只要后门外面没有更多的怪物等着我们！”罗丝也喊道。

杰克一把拽起她的胳膊，“你真扫兴。”他抱怨了一声，然后拉着她跑向吧台。

他们翻过台面，发现博士在里面席地而坐，他手上还拿着一瓶似乎能让所有人都上瘾的透明烈酒。博士咬住瓶塞，将它拔了出来。

“事情还没糟糕到需要喝酒的地步呢。”罗丝对他说。

“我们得让它们放慢速度。”博士说。

小酒馆另一头传来爆裂声。罗丝冒险探头看了一眼，又马上蹲下去躲避横扫而来的触手。不过她已经看到了该看的东西——那头生物进来了，其他的生物都聚集在窗外，紧紧地贴着残余的玻璃。

“你说该怎么做？”罗丝说。

杰克站了起来，催促人们从后门离开，又朝留下的士兵大喊，叫他们也出去。

“那儿还有几瓶。”博士对罗丝说，并朝吧台后面的酒柜点头示意。

“你要喝酒？”

“不是——我要把它们送给外面的圆球怪。”

罗丝不需要再听一遍解释。她马上从酒柜上取下一瓶又一瓶酒，朝逼近这边的生物猛掷过去。大部分酒瓶砸在它胶状的身体上后四下弹开，落在地上摔得粉碎。盘绕的触手在罗丝身边甩过，那头生物摸索着朝她的方向蠕动过来。

“我们该走了。”她提醒博士。

杰克站在吧台边的出入口，大声催促他俩赶快离开。

博士站起来，优哉游哉地走向杰克和罗丝，“谁身上有打火机？”他问。

杰克拿出银色的打火机啪的一声往他手掌里拍。

“我猜应该是你的。”博士拿起打火机欣赏了一会儿，还把它翻过来看了看侧面的刻字，“‘眼影棒赠小醉鬼，谢谢你做的一切。’”博士扬起了一边的眉毛。

杰克耸耸肩，“只是别人送我的礼物。”他说着灵巧地闪向一边，让触手从身边穿过去，“时间紧迫啊。”

博士打着火，“在原产地为你献上莫洛托夫鸡尾酒[1]。”他举起酒瓶，看着火苗渐渐燃烧，冒出一缕黑烟。

下一刻，他把燃烧的酒瓶扔向那头生物。它正爬过吧台想抓住他们。

1. 简易燃烧弹的别称，由酒瓶和布条制作而成。

“快跑！”

房子里瞬间起火，那头生物发出尖叫，痛苦地扭动起来。罗丝觉得它好像化掉了——黏糊糊的蓝色胶状液体不断滑落下来。不过，她并没有停下来仔细察看。

小酒馆背后是块高地，比港口和村庄的大部分地方都高一些，位于河漫滩和山崖之间。士兵们围成一圈，把几个村民护在身后。博士、罗丝和杰克则跟莱文一起站在圈子边缘。

透过下方的薄雾，罗丝能看到那些生物缓缓穿过村庄——有十几头，身形硕大，闪着蓝光。它们一边蠕动，一边将触手伸向前方探路。

“挨家挨户敲门，”莱文喝令他的手下，“把村民们疏散出来！”

“把他们带到基地里去。”博士说。

“那些东西不会跟到那儿去吗？”罗丝说，“基地有能源和灯光——有它们需要的一切。”

“人也需要那些东西。”博士附和道，“我们在这种严寒的环境里活不了多久。”

“你有什么计划吗？”杰克问。

“把所有人带到基地里去，然后看看格奥尔基能不能把那些生物控制在海湾那边。”

杰克点点头，“我去帮莱文。”

莱文上校命令一名手下火速赶到基地，把留在那里的士兵都带过来协助疏散。其他人——包括杰克和莱文都朝村庄走去。博士和罗丝带领酒吧里的村民，在严寒里开始了漫长的跋涉，他们沿着山崖小径朝研究所走去。

罗丝牵起格奥尔基的手给他带路。老人刚开始把手甩开了，随后又接受了帮助，“我认识你，”他用沙哑的声音说，“你是那个在尼古拉死的时候来看我的姑娘。”

“对，我叫罗丝。”

“多好听的名字。”格奥尔基点点头，他用手中的白色手杖在狭窄的小径上探路，“别让他杀我。”他小声说。

“他？”罗丝摇摇头，尽管对方看不到，“不，袭击我们的是来自……来自地底的东西。不过我们会保护你，保护你们所有人。”

老人用力攥住她的手，“不是它们。我能感觉到它们，知道它们在那里。可我害怕的是他。恶狼。是我在梦里看见的那个男人——无论在我清醒还是熟睡时。那个人将会杀了我。”他转过头，仿佛在看罗丝，他的双眼在夜色的映衬下几乎全白。下方港口摇曳的火光照亮了他苍白的脸，“那个手臂上有条狼的男人。”

士兵们分头行动，挨家挨户地敲门，尽量赶在那些生物到来之前把村民解救出来。幸运的是，村庄的布局是从港口向外延伸出去，所以士兵们能抢先一步敲开大多数人家的门。大多数，并非全部。

杰克眼看着好几头生物把一座房子推平了。它们在废墟中四处滑行，压得碎石嘎吱作响，它们的身体吸收了新的能量，不断闪烁着蓝光。他没让自己停下来细想那些生物是从哪个方向来的，又有多少人因此丧命，而是又跑向一座房子，用力捶打着大门，在黑夜中高喊。

然后杰克又跑向另一座房子。

接着，再跑向下一座。

心惊胆战又疲惫不堪的村民们排成长长一列走在雪地上，匆匆赶往山崖方向，远离迫在眉睫的危险。可是他们能躲多久？杰克不禁想着。

“好了！”有人大喊一声，“这是最后一批了。”

几名士兵带领一群衣衫凌乱的村民从村庄尽头走出来。一串深色的轮廓映衬在皑皑白雪中。

“你确定就剩这些人了？”杰克问他们。

“是的，长官。要是还有人在村庄里，要救他们也来不及了。这些玩意儿已经形成夹击之势，我们必须尽快离开。”

杰克点点头，“那我们走吧。”

他们一边催促，一边帮助那几个村民快速离开。杰克看见莱文和其他士兵在前方不远处引导着另一群村民。再往前，他看见了基地的黑影。他转头向后看——大火仍在港口熊熊燃烧，那些生物正在穿过他们身后的村庄，像他刚才那样挨家挨户地搜索着……

“好，我们赶紧走吧！”杰克大喊，“前方就是安全地点，离我们没多远了。”

“你怎么能确定？”有人问。

“我有个朋友，”杰克回答，“他会帮我解决这一切。”

“会有人吗？”另一个声音问道，“会有人解决我们这里的困境吗？”

杰克转向那个人，想要打消他的顾虑。远处的火光在那人满布皱纹的脸上投下一道浅橙色光晕。杰克认得那张脸。它属于那位几乎算是失去了女儿的父亲。杰克挤出一个微笑，拍了拍他的肩膀。

“玛门托夫，”他说，“我知道你经历了很多苦难。可是相信我……”他皱着眉停下来。杰克说话时看了看周围的人，可是——并没有见到她，“瓦莱里娅去哪儿了？”杰克低声问了一句，突然感到自己全身发麻，“你女儿到哪儿去了？”

玛门托夫与杰克对视了片刻，随后移开目光，“我没有女儿。”

杰克咽了口唾沫，“它们抓住她了，还是我们来晚了？”

老人转过身，僵硬的脸上表情坚定，“我没有女儿，”他重复道，“再也没有了。她现在能有什么用？她什么都不会做——只是整天瞪着眼睛坐在那儿。我甚至要喂她吃饭，还……”他摇摇头，“我没有女儿。”他最后又说了一遍，声音飘忽又悲伤。

杰克盯着他。透过老人抗拒的面孔，他能看到那个女孩的脸——那张脸也是这么苍老，满是皱褶，却空洞而缺乏感情。她的生命力被吸走了——她现在一无所有。“你扔下她了，对不对？”杰克说，“你把她扔给那些怪物了。”他感到口干舌燥，胃一阵紧缩，“你这个无情无义、自私自利的蠢货！”

“你不能回去，长官，”某名士兵喊道，“你不能回去！”

可是杰克没有听。他循着声音，冲下山坡跑向村庄。此时，那些生物正在狩猎。它们一边在村庄里穿行，一边毁坏着房屋。

他一直奔跑，不做任何思考。他只希望自己记得玛门托夫的家在哪里。他穿过村庄，避开那些在空寂无人的小道上滑行的发光生物。当最后一盏街灯闪了一下熄灭之后，雾气也弥漫开来。

一道影子从黑暗中跳出来扑向杰克，不偏不倚地抓住他的胸口，把他往后推——正好让他躲过从空中劈下来的触手。那只触手就打在片刻之前他所站立的地面上，然后缩了回去，消失在黑暗中。杰克看到它微弱的光亮渐行渐远。

“谢谢你。”他气喘吁吁地说着，抬头看向救了自己的人。

“这是你应得的。”谢尔盖耶夫低头看着他，并伸出手把他拉起来，“现在我们扯平了。”

“你逃出潜水艇了，”杰克说，“显而易见。”

“对，谢谢你。”

“那你最好跟上其他人。”杰克指向一片黑暗，“莱文上校下令疏散村民，我们尽量把他们都带出去了。现在村民们正赶往基地。”

“那你呢？”

“我会过去的，只是现在要先做些事儿。”

“或许我能帮忙。”

杰克对上他的目光。他想起谢尔盖耶夫之前怎么贬损他对瓦莱里娅的同情——那正是两人矛盾的导火索，“我不这么认为。”

“你说说看。”谢尔盖耶夫坚持道。

“老玛门托夫——把他女儿扔下了。”

“那个没有思想的女孩？”

杰克点点头。

“他只顾自己逃命，却扔下了她。”谢尔盖耶夫转头看向黑暗，看向代表着安全的基地，“我能理解。”

“我也认为你能理解，”杰克驳斥道，“因为你跟他一样麻木无情。”

谢尔盖耶夫大笑起来。

杰克咬紧了后槽牙，“这不好笑。”

“确实。”谢尔盖耶夫说完，脸上突然露出严肃的神情，“你觉得我是理解那老头儿，但我不是那个意思。”

“那你是什么意思？”

“我的意思是，我能理解你，朋友。走吧。”他走进村庄的黑暗之中，“我们得赶紧找到她，以免耽误了时机。”

士兵把村民们匆匆领进基地，向他们简要说明了情况，又找出有能力的人来帮忙。那些还不算太老、没太受惊吓，还有醉得不算太厉害的人都加入了莱文的队伍。博士让莱文来负责这些事情，他知道杰克一回来也会过去帮忙。

他们正在搭建篝火堆，把各种能燃烧的东西都找出来堆了起来。人们还从研究所后面的发电室里滚来了好几桶燃油。在研究所内，村民和研究学者把一切可燃物都拆下来，堆到外面供人搬运到篝火处。

“我们得留下足够的燃油供给发电机，直到救援到来。”莱文对科利莱克中尉说，“我可不想过几天被冻死在这里。”

“长官，你觉得博士的计划能成功吗？”科利莱克小声问。

莱文回答时同样压低了声音：“我确实不知道，不过这能让我们有点儿事可做。再说了，虽然这看起来很疯狂，但我也想不出更好的主意了。”

他们选取了一块狭窄的高地来搭建篝火堆。道路两边陡峭无比，落差将近二十米。堆积如山的碎片残渣几乎把狭窄的高地入口给截断了。费奥多尔·瓦伦之前就把挖掘机从村庄里开了过来，挖掘机头灯的灯光穿过黑夜中弥漫的雾气，他把一车又一车破败的家具、撕碎的地毯、桌面等一切可以燃烧的物品都垒在那一大堆东西上。

当最后一队村民和士兵到达后，莱文命令所有人都到研究所内侧的篝火旁集中，“你们把这条路彻底封锁起来，”他说，“别留任何通道。如果博士计划得没错，如果格奥尔基真能指挥那些东西没头没脑地爬进火堆里，那我不希望任何生物能绕到里边来。”

那些生物好像无处不在。杰克能听见它们在黑暗中滑行的声音，能看见它们散发的蓝色荧光照亮前方的夜空，仿佛远方城市的灯火。

“那就是她家。”谢尔盖耶夫说。

他们只需再快速冲过一片开阔地带，就能到那里了。杰克和谢尔盖耶夫在门口蹲了下来。

“看来我们赶上了，”谢尔盖耶夫说，“你进去找她，我来把风。”

杰克推开门，迅速走进房子的小前室。里面空空如也。他不想开灯——反正灯多半也不会亮。而且，他也不想把那些生物引来。他走进里面的房间——没人。他又进入水龙头还漏着水的小厨房，还是没找到瓦莱里娅。

“快！”谢尔盖耶夫朝着敞开的房门喊道，“我听见有一头快要过来了！”

“它离我们还有多远？”杰克喊了回去。他来到又窄又陡的楼梯前，三步并作两步跳了上去。

“不知道，还没看到它。”

楼梯顶部的平台几乎没地方落脚。这里有三扇房门。他打开第一扇门。

房间里是空的。

杰克又打开第二扇门。

房间里还是空的。

“我的天哪——它在房顶！”

杰克听见玻璃破碎的声音。

他又走进第三个房间——正好看见触手打碎窗户，伸进房间里前后甩动。杰克站在门口，无法向床靠近。那个女孩就躺在床上，一动不动，静静地注视着天花板。她对那头生物、对自己面临的危险、对周围的世界毫无知觉。

“别管她了，”杰克想，“我得离开她了。”这么想着，他却往房间里纵身一跃，贴着裸露的地板从触手下方滑过，朝着床的方向爬去。

外面响起枪声。触手停滞了片刻，然后缩了回去。

“谢尔盖耶夫——我找到她了！你快离开，快走！”

杰克又听见一阵枪声。

然后外面一片寂静。

杰克把瓦莱里娅扛在肩上，发现她竟然重得出乎自己的意料。他跌跌撞撞地走出房间，差点儿从陡峭的楼梯上滚下来，最后终于走进了外面的黑暗中。

黑夜略带着蓝色光晕，到处都是那些生物，仿佛它们在围观这座房子。

房门外，它们正围着什么，原来是谢尔盖耶夫。他空洞的双眼凝视着夜空，他的枪还握在手里，他的面孔苍白而皱缩，就像陈旧的纸袋。

杰克咬紧牙关，用另一只手轻抚瓦莱里娅毫无反应的头，“我们会没事的，我保证。”

然后，杰克便带着她开始逃命。

博士想把格奥尔基带到安静而偏僻的地方，远离一切干扰，便于他集中精神。克列巴诺夫建议他到洁净室去。洁净室是个空荡荡的大房间，里面只剩一张木桌和一把办公椅，角落里有个玻璃封闭隔间。充当气闸的双重玻璃门上安装了极为复杂的电子锁系统，进出需要操作数字键盘。玻璃门防弹又防爆，隔间最里面堆着几只储气罐，罐子上面都贴着带有红色骷髅头和交叉骨头的标记。

“我们曾在里面研究传染性细菌。”克列巴诺夫对博士、罗丝和格奥尔基说。

“你们也看到了，里面还留着一些存货。”米宁指着那些储气罐说，“这里似乎是存放这些物品的最佳场所。因为门一关上，就把气体完全封闭了。”

“你们就不能把这些东西处理掉吗？”罗丝问，“或者说，送回去？”

“没人想要它们。”克列巴诺夫告诉她。

“正式停用呢？把它变得安全？”博士提议道。

“能用的设备早就没有了，”亚历克斯·米宁解释道，“我们用设备来交换其他更紧缺的物资，比如食物和燃油。”

克列巴诺夫闷哼一声，但没有反驳，“这里可以吗？”

博士咧嘴一笑，“这里太棒了，我们给格奥尔基搬把椅子吧。接下来我会跟他说说话，然后我们还要趁他忙活的时候完成其他几件事。”

“比如？”罗丝想知道是什么。

“比如看看篝火怎么样了，再比如烧死几头圆球怪。”

米宁在数字键盘上输入一串密码把门打开，然后把桌子旁的椅子搬进了双重玻璃门之间的气闸里，再关上身后的外门。接着，他又在气闸内部的数字键盘上输入密码，咔嗒一声打开内门，把椅子放了进去。

“我们开始吧。”博士把格奥尔基领到门口，又转头问克列巴诺夫，“密码是什么？”

“1917[1]。”克列巴诺夫告诉他。

“还能是啥呢？”博士输入密码，把格奥尔基领了进去。

等他坐到椅子上，博士就开始小声对他说话。博士将手指放在老人两侧的太阳穴上，帮他放松，使他进入冥想状态。米宁在旁边好奇地看着。

过了一会儿，博士退开几步。他见米宁要说话，便竖起手指放在嘴唇上，朝门口点点头。两人走出玻璃隔间，让格奥尔基独自坐在里面，盯着面前的玻璃墙。

“得有个人跟他待在一起。”博士说。

“我来吧。”罗丝立刻回答。

“不，我需要你跟着我。米宁——我能信任你吗？”

“希望如此，博士。”

“我也希望如此。”

“那我需要做什么？”

“可能什么都不用做。你只需要保证他没事儿就好。这里有电话吗？”

1. 1917是俄国革命爆发的年份。

克列巴诺夫走向房间另一头的空桌子。他从抽屉里找出一台电话机，将电话线连接到墙上的插口里。随后，他拿起听筒，检查线路是否接通，“分机号是514。”

“我需要完整的号码，”博士说，“如果有什么问题，我会用罗丝的手机联系你。你可以帮我向格奥尔基传达关于圆球怪的新指令。他目前处于接收状态。你可能看不出来，不过他能听到你说话。”

“你那个手机有信号吗？无线电在这里都不管用了。”克列巴诺夫指出。

“超级手机。”罗丝告诉他，“肯定管用。”

克列巴诺夫把号码报给了博士。米宁坐在桌子上盯着格奥尔基，“他就一直像这样坐在那儿吗？”

“但愿如此。走吧，罗丝——我们还有活儿要干呢。”

克列巴诺夫跟随博士和罗丝走到门口，然后停下来，转向米宁，“今晚可能很漫长，”他说，“你去给自己泡杯咖啡吧，我可以留下来陪着格奥尔基，直到你回来。”

“接下来会发生什么？”罗丝问。

他们穿过研究所外围的院子，来到道路上。

“格奥尔基尝试接入了飞船与外部遥感装置进行精神沟通的同一频率。”

“就像他之前看到它们在做什么那样？”

“对。只是这次他能对它们说话了。我希望他能过滤掉飞船发出的信息，加入他自己的指令。”

“所以他相当于黑进去了？”

“对，他黑进去了，并叫那些生物全都聚集到这里来。”

“来抓我们？”

“不太对。那是它们所理解的——假设它们有思想的话。反正它们现在只听格奥尔基的，而他正在命令它们沿着这条路上来，不断向前，一路走进那里。”

博士指向他们前面巨大的篝火堆，它截断了道路，并横穿狭窄的山脊。

“那能阻止它们？”

“当篝火点燃的时候就能。那些东西喜欢寒冷。它们吸收的任何能量都不会转化为热能，因为能量直接传送走了。当它们爬进火堆里，温度急剧变化的冲击应该能让它们都停止运作。不过它们不是活物，这样并不能完全杀死它们。”

“应该能阻止它们。”罗丝重复了一遍。

“对。”

“那今晚就算半个篝火之夜了。”

“对。”

“那我们啥时候点燃蓝色的火硝纸？”

“等我们看到那些东西过来。”

两人来到莱文和他的手下身边，站在一旁看着他们的劳动成果。莱文上校转身面向博士，听完他最后那句话说道：“你们瞧，那些东西来了！”他抬手指向山谷下方，一串蓝荧荧的光点透过飘浮的雾气隐约可见。

“炸药都装好了，”科利莱克中尉报告，“你一准备好，我们随时都能把篝火点着。”

博士俯视山谷，看着那些蓝色的荧光缓缓靠近，同时在想杰克去哪儿了。

“点火吧！”他说。

上山的路程实在太难了，杰克不得不把女孩放下来。她能站立，能走动，只是好像并不知道她自己在做这些动作。她只会呆呆地看着前方雾气弥漫的黑夜，任由杰克拉着她走。

让女孩跑动似乎有点儿难了。她就像梦游症患者——看不出有意识，只知道双脚交替着走。她苍老的脸颊上垂着年轻的发丝，脸上没有一丝表情。当杰克催促她向前走时，女孩的双眼没有露出一丝认识他的神色。他牵着她的手，拽着她尽量快步向前走。

如果他走得太快，女孩就会绊倒。她不会为自救做任何努力，她的衣服在雪堆里浸湿了，她的脸上都是擦伤，头发也凌乱不堪。杰克想，对她而言，这还不是最要紧的问题。

他气喘吁吁，几乎筋疲力尽，“不远了，”他上气不接下气地说着，尽管他知道这只是自言自语，“研究所就在山上，我们快到了。”

不过，他看到身后有一队生物正顺着道路追赶而来。它们真的是在跟着他俩吗？难道它们知道杰克和女孩在前面——能感知到他们？或者，它们的目标只是道路尽头的研究所？

杰克和瓦莱里娅沿着狭窄的山脊艰难地走上去。在道路两侧，大地陷入更深的黑暗。杰克之所以能看见，是因为山脊顶端有一片积雪反射着微光。“快点！”他鼓励着瓦莱里娅——她能听见吗？可能听不见，不过他还是大声说着，“快点，不远了，我们快到了。再过一会儿，我们就没事了。”

在他们身后，那些生物越逼越近，渐渐赶了上来。

在他们眼前，黑夜突然爆发出火光。

整个山脊突然起火，火焰高高蹿起，四下扩散。热浪几乎把杰克冲倒了。山脊在燃烧，积雪在高温下融化并从路面上蒸发。他们现在没法赶回研究所了。

不过，或许那把火会吓退那些生物，“它们不喜欢火焰和高温。”杰克安慰着瓦莱里娅。她的表情没有变化。于是他捏了一下女孩毫无知觉的手，“我们很快就没事儿了。它们会掉头回去，你等着吧，从现在起它们随时都可能退回去。”

然而那些生物却在步步逼近。

12

博士掰着手指在数数，透过烟雾和火焰朝另一头张望。大火熏得罗丝双眼刺痛，她只好眨了一下，然后眯起了眼。

“我觉得不止这个数啊。”博士说。

罗丝根本看不清。燃油冒出的阵阵黑色浓烟充斥着周围，她不得不转过身来，一边眨眼一边咳嗽，眼泪顺着脸颊滑了下来。她总算能看到夜空衬托下的研究所，摇曳的火光映照在建筑物光秃秃的混凝土表面。然而，橘红色的火光中还透着一点儿蓝光。

无论是从铺满积雪的平地，还是从山崖顶端，罗丝都能远远地看到几头生物正从各个方向朝这边蠕动。她拽了拽博士的衣袖，“你瞧。”

“这很棒，对不对？”他还盯着火焰，“我们战胜了它们。”

“我们还没赢呢，你瞧。”她又用力拽了一下。

“它们从周围绕过来了。”博士小声说。

“我们可以点更多的火。”科利莱克中尉提议。

“估计时间不够。”博士对他说。

莱文点头以示同意，“而且我们也没东西可烧了。”

“哪里出了问题？”

博士深吸一口气，“是格奥尔基，”他说，“要么他没成功，要么……”

“要么什么？”莱文追问道。

“巴林斯卡还有同伙。”他打了个响指，“手机给我。”

罗丝递过手机，博士开始按键拨号，同时他已经朝着研究所跑去，“让火一直烧！”他对莱文喊道，“或许我们还能把它们引过来。”

他们蜷缩着身体尽量靠近火焰，同时也得保证自己不会烧伤。瓦莱里娅没有反抗，她似乎感受不到高温，也意识不到危险。那些生物依旧在逼近。杰克估计它们最多还有十分钟就过来了。届时，他会把瓦莱里娅拉起来，或者抱着她逃跑——但愿他们能顺利绕过正往山上蠕动的蓝色发光体。

“机会渺茫啊。”他喃喃道。

杰克紧紧抱着瓦莱里娅，用手臂搂住她的肩膀。女孩完全没有配合他的动作，既没有认知，也没有反应。他感觉自己就像搂着一具尸体。

电话铃声突然在寂静的房间里响了起来，把米宁吓了一跳。

他花了点儿时间才回过神来，然后突然兴奋地抓起听筒，“博士？计划管用吗？我们成功了吗？”

可从博士的语气中，他立刻发现事情进展得不太顺利，“格奥尔基在干什么？他集中不了吗？他从冥想中醒来了吗？”博士问道。

米宁看向玻璃隔间，“没有，他就坐在那儿，好像在嘀咕着什么，不过他没有动过。一点儿都没动。”

“那他就还和它们保持着联系。亚历克斯——你得中断联系。他正指挥那些生物从周围绕过来。他帮它们躲开了篝火，领着它们畅行无阻地往我们这儿来了！”

米宁浑身一抖，“阻止他？怎么阻止？”

“想尽一切办法！我们很快就过来，但是——你也得分秒必争！”

电话挂断了。米宁缓缓放下听筒，飞速思考着。

格奥尔基看到那些生物沿着道路爬上来。他感觉到大火灼人，同时还想知道其他篝火需要多久才能点燃。

“别把它们全带上主路，”有个声音对他说。当他集中精神，在脑子里感应那些生物时，那个声音对他耳语，“确保大部分的生物从侧面绕过来，否则它们会发现这是个圈套。有人会搭建其他篝火堆来对付它们，但你别担心。你只要集中精神，把它们带过来，带到这里来。”那是个柔和友善的声音，听起来充满自信，语气也令人信服，“别担心其他事情。你只需要把它们带过来，带到我们这里来。”

外面的世界不复存在，格奥尔基只关注着那些生物——它们滑行得又近了一些。即使能听见米宁隔着厚重玻璃墙的吼声，即使能听见拳头捶打墙壁的声音，他也毫无反应。

“那些生物——把它们带过来。”

这就是他的整个世界……

没反应。老人显然听不见——或不愿听见他的声音。米宁用拳头猛敲玻璃墙，随后从上衣夹克口袋里掏出一把手枪。这是克列巴诺夫让他去泡咖啡时，他顺手从办公桌抽屉里拿出来的。以前，米宁整天都揣着这把枪，因为他时刻为自己的性命感到担忧。可现在，他已经有好几年都没看它一眼，也没再用过它，自从……米宁相信博士知道自己在做什么，尽管如此，他还是决定把枪带上。他知道枪对那些生物没有影响，不过如果情况变得太糟糕，他打算用枪来对付的就不只是那些生物了。这是他的保险，是他的出路，他唯一的出路。

米宁输入1917。外门咔嗒一声打开了，他走进气闸。过了一会儿，外门在他身后关闭。他把手伸向内门的数字键盘，他双手都在出汗，连枪都握不住。他这辈子只杀过一个人。事情肯定不会沦落到那个境地，他应该只需要吓唬吓唬里面的人。他只是个失明的老人——米宁觉得自己可以摇晃他的肩膀，如果有必要，还可以把他推下椅子。只需要断开他和外部遥感装置的连接就好。

米宁再次输入1917。门锁毫无反应，只有一声报错的哔哔声。

玻璃内门依旧紧闭。他一定是把数字按错了。他的双眼在游走，视线模糊，他的手指已经汗湿——说不定刚才手一滑按成别的数字了。他又试了一次。

他又输入了一遍密码。

密码不正确。可它不久前还没问题。莫非有人更改了设置，把密码换了？他举起枪柄用力捶了一下内门。老人还是没有反应。米宁沮丧地吐了口气，转身在外门的数字键盘上输入密码。他只能等博士过来了，博士知道该怎么做。

他输入1917。

哔。

外门依旧紧闭，米宁困在了两层防弹玻璃中间。格奥尔基对外界毫无反应，他还在玻璃隔间里念念有词，引导那些生物前往研究所。

博士扫了一眼玻璃隔间就掌握了情况。他看见格奥尔基一动不动地坐在玻璃隔间里，米宁则困在气闸里，不断敲打着外门。

“去找瓦伦。”他对罗丝说。

“谁？”

“开挖掘机的那个人，他是个工程师。提醒他带上工具。”

“你就不能——”

“你想跟我辩论，还是想帮忙？”博士厉声打断她，然后把手机递了过去，“去找他，我会尽我所能。”

罗丝点点头，转身跑开了。

博士掏出音速起子，径直走到外门的数字键盘前。这些密码锁的技术已经陈旧过时，他能成功让其工作吗？

“1917。”米宁的声音虽然微弱，但还是能听清，“从你那边能打开。”

博士点点头，输入密码。门锁哔了一声。“现在不能了。”他又改用音速起子，一阵火花从数字键盘里喷了出来，“这可不太妙。”他嘀咕了一句，挥手扇走从里面冒出的缕缕黑烟。数字键盘熔化变形，成了块废料，“糟糕。”他小声说。

“我们该退回基地里去吗？”科利莱克问。

“待在篝火边上更安全，”莱文对他说，“我觉得。”

“那我们是不是该把村民和研究学者都疏散到这里？”

莱文看向离研究所越来越近的那串蓝光，“我估计时间不够，现在只能企盼博士阻止它们了。”

他心里其实觉得希望不大。罗丝从基地向他们跑来，边跑边大声呼喊——是好消息吗？拜托一定要是好消息。

“开挖掘机的人在哪儿？”她跑近之后，边喘边问。

“什么？”

“快——我们需要他。”

莱文抬手指了个方向。在靠近熊熊火焰那边，阵阵翻滚的浓烟后面隐约能看到挖掘机的轮廓。

“谢啦。”罗丝没有多做解释，马上跑了过去。

“为什么它们不停下来？”杰克大声自问，“为什么火焰没把它们吓跑？”

最前面的那头生物像果冻一样开始融化——一股股蓝色黏液顺着胶状身体滑落。一只触手甩向火焰，正好越过杰克头顶。当触手缩回来时，它上面已经着了火。触手尖端烧得一塌糊涂，那头生物发出痛苦的尖叫，可它还是继续前进。

“真抱歉。”杰克在女孩耳边小声说。

她没有回答。

燃烧的触手再次甩出来——向他们直直逼近。

内门的数字键盘已经与它背后的装置分离。米宁把它硬拉出来，按照博士大声喊出的指示拔掉里面的配线。一股电流窜过他的手指，吓得他惊叫了一声。

“那东西还带电，你小心点儿！”博士朝他喊道。

“谢谢提醒。”米宁吮了几下指尖，“然后重新接上哪一个？”

博士告诉了他，并说道：“我不知道那会不会管用，我猜可能行。”

他把两股电线拧在一起，“然后呢？”

“输入 1789，看看会发生什么。”

“为什么是1789[1]？”他边问边按下按钮，满心希望这能管用。

“就感觉挺合适的。”

没有哔的一声，取而代之的是玻璃门运转发出的嘶嘶声。门咔嗒一声打开了。米宁松了口气，博士则隔着玻璃门对他咧嘴笑了笑。

内门开了一英寸、两英寸、三英寸，接着以令人焦急的缓慢速度开到了四英寸。

然后玻璃门停了下来。

米宁推了一下，门没有反应，只是卡在那里。他又用肩膀使劲顶着门推了推。

玻璃门还是毫无反应。

罗丝停下来喘了会儿气。瓦伦从她代博士传达的指示中意识

---

1. 1789是法国大革命爆发的年份。

到情况紧急，便立刻从挖掘机上爬了下来。他从挖掘机后部拿出工具箱，动身朝基地赶了过去。

罗丝想叫他加快速度，可她实在喘不上气，更别说讲话了。当她大口大口地吸进空气时，把浓烟也吸进了嗓子眼，这使她咳了起来。

她背靠挖掘机，盯着巨大篝火的熊熊烈焰。透过闪烁的火光，她看到那些生物散发的蓝光，看到它们缓慢而坚定地向火堆爬去。博士说得没错——只要他们能把剩下的生物也导向火堆，或许还有一线生机。

把气喘匀之后，罗丝转身跟上瓦伦，但很快停下了脚步。她转身时，余光瞥见什么动静——来自火堆另一头。不是徐徐前进的蓝色发光生物，而是一道黑影。影子敏捷地躲避着四处甩动的着火触手。罗丝尽量靠近火堆，想看得更清楚一些。

难道有人困在另一头了？如果真是这样，她也无能为力。她透过浓烟和烈焰往里看，努力想弄清楚另一头移动的黑影究竟是什么……

电话又响了，一定是罗丝。博士一把抓起听筒，“什么事儿？”

米宁还在使劲推着玻璃门。他只能勉强把手伸进缝隙，可是再也无法将门移动半分。

罗丝的呼喊声传进博士耳朵里。她告诉他那些生物就快到了，而杰克还困在篝火另一头，他们必须去救他。她还说时间不多了，她要做些什么。

博士没有回答，而是把电话挂掉了，“回头见，”他小声说，“祝你好运。”然后他又回到门边，对米宁大喊，“你得阻止他！那些生物已经快到了。把门打开，阻止他！”

可是玻璃门纹丝不动。米宁回头看着博士，他面容憔悴、忧心忡忡、眼窝深陷。他脱下上衣夹克，挽起袖子，左手拿着枪——这样他就能把枪伸进门缝里，能伸手进去把枪瞄准格奥尔基，后者正安静地坐在里面，一动不动。

米宁的前臂上文着一匹嗥叫的狼。尽管隔着厚重的玻璃，枪声还是穿透出来，回荡在洁净室内。

到此为止了。杰克紧紧抱住女孩，尽他所能把她护在怀里，尽管他不明白自己为何还要如此费心。反正就算那些生物抓住她，吸走她仅剩的生命力，女孩也不会有任何感觉。

触手缠住杰克的手臂，把他拽离女孩身边。他死死撑住，没有松手，“我们要走一起走。”他咬着牙说道。他感到疲惫而眩晕，好像一个月没睡过觉似的……

杰克突然听见一声耀武扬威的咆哮——就像巨大的引擎在低挡位下竭力发动。他抬起头，以为自己会看到向他扑来的生物。

可它却被撞飞了，触手也从杰克手臂上松脱。他突然恢复清醒和警觉——看到巨大的挖掘机笔直撞向那头生物，把它撞得向后翻滚。巨大的车轮着火了，橡胶轮胎在转动时溅出一大片火花。

挖掘机退了回来，来到杰克和瓦莱里娅旁边。驾驶室里有个人正朝他们挥手大喊。那是罗丝。

他听不见罗丝在喊什么，也不需要听见。现在只有一件事可做。那些生物又朝这边前进了——它们聚集在一起，蓄势待发。

杰克把女孩抱在怀里，跌跌撞撞地朝挖掘机走去。两人跌进车头的金属铲子里。他听见一阵嘶嘶声，还闻到了衣服烧焦的气味。缕缕灰烟腾起，金属表面滚烫的温度瞬间传到他皮肤上。他疼得几乎要叫出来，但还是咬紧了牙关。瓦莱里娅重重地压在他身上。他得保护她免受烫伤——因为她感觉不到热量，不会躲开滚烫的铲子表面。

引擎又一次发出轰鸣，杰克感觉自己升了起来。当铲子缓缓升到空中时，他看见烈焰在他们周围起舞，但显得苍白而稀薄。罗丝开着挖掘机穿过火堆，回到了研究所内侧。

杰克听见一声响亮的爆炸声，感觉整个世界歪向了一边。他意识到应该是某个轮胎受热炸掉了。挖掘机猛地向前一倾，停了下来，又再次向前倾斜。铲子缓缓放了下来，罗丝被烟熏花的脸正对着他。她低头看着杰克翻身滚落到冰凉的地面上。瓦莱里娅躺在他身边，面无表情地望着烟雾缭绕的天空。

“火辣辣的约会？”罗丝说。

“太火辣了，”他对她说，“连我都受不了。”他撑起身体，拍了拍已经惨不忍睹的大衣，“我说，谢谢你。”

米宁无法轻易地伸到玻璃房里足够向格奥尔基开火的位置，他希望枪声能惊醒老人，分散他的注意力。

但是并没有。

他竭力把手臂朝里面伸了又伸，以便能弯曲手肘，这样枪口就能对准老人开枪打他。事情已经糟糕到这种地步了吗——枪击一位老人？只让他受伤是否就够了？他能做到吗？

博士在玻璃门另一头大喊，但米宁听不清他在喊什么。他只能听见血液在耳膜里涌动的声音，只能看见切达金大笑的脸。他眨眨眼睛赶走那个幻象，尽量瞄准里面的人。

米宁开了一枪。

子弹还是没打中。格奥尔基纹丝不动。现在，米宁听见另一种声音，夹杂在血液涌动的声音里——好像是漏气的声音。

气罐漏气了。

米宁看到格奥尔基身后的气罐上多了一个黑洞，一股浓厚的红色气体正往外泄漏。深红色的云状物聚集在空中，缓慢地漫过房间。

最后一次机会。他什么都不想，什么都不去感知，又开了一枪。云状物已经包裹了格奥尔基，他向前倒了下去。米宁听见老人跌倒在地的声音。他把手臂从缝隙里抽出来，用力按下数字键盘，“快关上，见鬼的——快关上！”

门一动不动。

红色气体缓缓穿过房间，朝他蔓延过来……

“他杀了格奥尔基。”瓦伦的声音很平淡——因震惊而完全失去了音调变化。

“他不是故意的，”博士温和地说，“他只是想警告，或是打伤他。好了，在米宁也死掉之前，我们赶紧把他从里面弄出来。”

“那是什么？”瓦伦指着红色气体。

“致命气体。你能把门打开，把他弄出来吗？”

瓦伦检查了一下烧坏的数字键盘。玻璃门另一侧，米宁的脸与他近在咫尺，他双眼圆睁，眼神里充满了恐惧。

“大概能。”可瓦伦并没有做任何尝试，“他辜负了切达金的信任，”他小声说，“辜负了我的朋友。他该死。”

“谁也不该死。”

“那格奥尔基呢？”

“他也不该死。可是没有别的办法了。”

“切达金呢？”

博士一把拽起瓦伦，他深色的眼眸直勾勾地盯着瓦伦，仿佛能够穿透灵魂，“你还是没明白，对不对？你看了他办公室里的档案，却直到现在还觉得是米宁把你无辜的朋友逼上了绝路？”

“那还能是什么？”

红色气体已经漫过半个房间，米宁拼命地砸着门。

“这里曾潜伏着一名特工，不断向首都传回信息，害你们全都不得安宁。”

“是米宁。”

“不对！”

“那就是米宁的手下。”

“你看过备忘录了，米宁根本不知道他在这里。直到他发现……”

现在瓦伦反应过来了，“是切达金？可他是我的朋友。”

“他会背叛你们所有人，”博士说，“这就是为什么米宁对他开了枪。子弹击中了他的后脑勺。不太像自杀，更像处刑。”

“亏我之前还把他当朋友。”瓦伦无力地说。

“你还是赶紧把那个始终如一的人救出来。”博士举起工具箱，替瓦伦打开，“动手吧。”

队伍正在向基地撤退。那些生物很快就会到达这里，莱文知道，届时他和手下将困在它们和大火之间。他们唯一的机会就是撤进基地，尝试保护那栋混凝土建筑。

罗丝和杰克跟他们走在一起。杰克抱着瓦莱里娅，蹒跚着穿过院子。

进入基地后，罗丝把杰克和瓦莱里娅领到了博士那里。莱文和他的手下立即开始搭建路障，封锁门窗。科利莱克则去召集村民前来帮忙。

博士走在通道里，旁边是一脸阴沉的瓦伦。亚历克斯·米宁踉跄着跟在他们后面，看上去面无血色、惊恐无比，他还用手帕捂着嘴，仿佛随时都能吐出来。

“它们快到这里了。”罗丝说。

“莱文正在封闭建筑物，希望你已经有了计划。”杰克补充道。瓦莱里娅在他旁边，无神地盯着前方。

“她还好吗？”米宁迟疑地问。

“不好。”杰克对他说。

“但剩下的人都会好起来的，”博士微笑着说，“这个计划有点儿冒险，不过我们必须尝试关闭整艘飞船。至少我们现在知道，飞船跟外部遥感装置之间存在直接联系。”

“那格奥尔基呢？”米宁问。

“你做得没错，那是唯一能做的事情。我不知道他为何要把那些生物引到这里来。或许他跟巴林斯卡是一伙的，因为她确实有同伙。但不管怎么说，是时候结束这一切了。”

博士带头穿过通道，罗丝意识到他们正走回飞船秘密通道所在的仓库，“可你之前不是还说关闭飞船会很危险吗？”

“是的，非常危险。”博士突然严肃起来，“如果还有别的办法，我绝不会冒险走这条路。可现在，这成了我们唯一的机会。这就是B计划。”

“而且后面没有C计划了。”杰克说。

“没错。”

仓库的门还开着，在房间另一头，通向秘密通道的门却关上了。博士走过去时对所有人说：“你们不必跟我过来。”

“你可能需要帮忙。”杰克说。

“我们跟你去。”罗丝对他说。

“太好了。”博士把门拉开。

一只巨大的触手向他甩来。

博士猛地关上门，可强行挤进房间的触手把门卡住了。门猛地打开，蓝色发光的胶状生物堵住了整个门框，使劲把自己往仓库里挤。

“后退！”杰克大喊着转身出去，把瓦莱里娅护到他身前。

博士最后一个跑出来，用力把他们身后的门关上。

“那阻挡不了它。”米宁似乎在瑟瑟发抖。

“确实阻挡不了多久。”

“现在该怎么办？”罗丝说。

博士转过头，对上她的目光，“回到正门，”他说，“是时候启用C计划了。”

13

“如果走运，我们能阻挡它们一段时间。”莱文说。他和科利莱克以及几名士兵站在被封锁的正门旁边。几个金属文件柜把大门死死堵住——大部分路障都是金属制品，它们因为没法用于燃烧而被留在了研究所里。

“太晚了——它们已经进来了，”博士跑过去说，“抱歉。”

“那现在怎么办？”

“正在构思 C 计划。”罗丝对他说。

“米宁在找研究所的平面图，我们先去他办公室吧。把剩下所有人都集中到会议厅，至少大家能待在一起。”博士说，“杰克已经去引导他能找到的所有村民，你叫几个人过去帮他。”

“长官，你认为这里还有出路？”科利莱克问。

“没有，”博士对他说，“我认为这里应该有个地方可以躲藏。”

路障因门外的撞击猛地震了一下。一张倒置的金属桌掉了下来，砸到地上。灰尘从天花板簌簌落下。

“屋顶上有一个。”莱文说。

在亚历克斯·米宁的办公室里，鲍里斯·布罗茨基和凯瑟琳·科尼洛娃站在旁边看着克列巴诺夫与米宁争吵。

“那些平面图都过期了，根本没有用。”研究负责人说。

“我们只有这些了。”

“老天啊！那都是六十年代的东西！”

“别像孩子一样吵。”杰克劝了一句。他刚把瓦莱里娅安顿在房间另一头的塑料直背椅上。村民们都集中到了会议厅里，大部分士兵也在里面，可他并不相信瓦莱里娅的父亲会照顾好她。

博士跟莱文还有其他士兵一同到达，“我们沿着通道设置了警卫，他们会随时通知我们那些生物的动向。”

“仓库里那个好像暂时挺老实的。”杰克对他们说。

“它在等待与其他同伴会合。”罗丝说。

“有可能。”博士赞同道，“好了，我们这里有什么？”

杰克和其他研究学者退到一边，让博士来到办公桌旁边，也就是米宁和克列巴诺夫为平面图争执不休的地方。

“你要找什么？”米宁问。

莱文也走了过来，“我没看见有出路。”他扫了一眼平面图说。

博士的手指顺着图纸上的主通道滑动，“你瞧，这条通道正好环绕着研究所边缘，它的两边都有房间。我们在这里，那是克列巴诺夫的办公室，那是会议厅、实验室、仓库。”

“所以呢？”克列巴诺夫质问道，“这上面标记的全是我们已经知道的地方。”

“可能不全是。”博士指向平面图正中间，“这里，正中间，这是什么？”

“那里……什么都没有，”米宁说，“上面没标记。”

“总得是个什么东西。”博士对他说。

另外两个研究学者——鲍里斯·布罗茨基和凯瑟琳·科尼洛娃也都凑过来看了一眼。

“我从没去过那个区域，”布罗茨基说，“没路进去。”

“那里不是实验室，”凯瑟琳补充道，“有可能只是一片封锁区域，要么就直接是坚固的混凝土。这座建筑的外形就像一个方盒子，中间有个庭院或什么的，只是没有路可以进到那里。”

莱文也用手指顺着博士刚才的路径移动了一遍，“所有设施设在边缘，但我们坐直升机过来时，我从空中看过这个地方。中间是盖住的，完全封闭了。博士说得没错——这里面肯定有东西。”他指向某间仓库，“这里是连接点，通道在这里被截断，改成了房间。这儿还有一个。”

“你有什么想法？”罗丝想知道，“里面是空心的，还是有什么东西？”

“可能填满了混凝土，”杰克指出，“可能是实心的。”

“不。”博士从他们正在看的图纸底下抽出另一张平面图，“线路、管道、空调系统——那一块区域也配备着这些设施，就像研究所其他房间一样。”

“你在想那里为何封闭了。”克列巴诺夫小声说。

“对。不过我也在想，那里是最适合抵御外敌的地方，因为它是全封闭的。”

克列巴诺夫摇摇头，“一旦进去，”他说，“就等于送死。”

路障终于倒塌了。有个文件柜裂开了，里面的纸张撒了满地。大门开始变形，然后突然打开。一堵蓝荧荧的墙在外面闪烁着微光。

留下来警戒的两名士兵沿着通道缓缓往回撤，尽管他们知道子弹对那些挤进来的生物不起作用，两人还是举起了步枪。

他们转身跑了起来，但速度不够快。一只触手穿过通道，将其中一名士兵绊倒。他的同伴停下脚步，转过身去，看着触手拖走了他的朋友——那人面部皱缩，四肢萎缩。他只犹豫了一瞬，随即拔腿就跑。

整个房间异常安静。博士看着克列巴诺夫问道：“为什么？里面有什么？”

“那是主实验室。多年以前，在这座研究所刚建成的时候，它就被永久封闭了。”

“为什么？出什么事儿了？”凯瑟琳问。

“那件事发生在五十年代，当时我还没来。当然，在分配到这里之前有人知会过我。”

“你就直接告诉我们。”博士打断了他。

“那里面出过事故。容器泄漏。”

“生化泄漏？”布罗茨基的声音有点沙哑。

克列巴诺夫点点头，“于是他们封闭了实验室。那是标准流程。”

“什么东西泄漏了？”博士问。

“里面的人呢？”还没等克列巴诺夫回答，凯瑟琳也问了一句，“他们怎么样了？”

克列巴诺夫的脸上失去了血色，“他们还在里面。”

博士把手搭在他肩膀上，把他的身体转过来面对自己，“我问你，什么东西泄漏了？”

“这有关系吗？”

“当然有关系。”

“他想知道，”杰克说，“里面是否还存在危险。因为如果已经没有危险了——那里就是最适合防御的地方，这能让我们活下去。如果那片区域已经封闭了，我们只要能想办法进去就好。”

“我们可以炸掉这堵墙，”莱文指着其中某间封闭的仓库，

“能行吗？”

“能行，长官。”科利莱克说，“问题不大，取决于墙有多厚。”

“你疯了，”克列巴诺夫说，“你们一打开那间房，我们就都死了。”

“对，”罗丝对他说，“那我们还有什么选择？”

“在求生中死去，”博士说，“或就这么死去。我们需要把外部遥感装置引到这里来，这样我就能到飞船上去。那条路目前堵住了。所以，谁还有更好的主意吗？”

不管回答是什么，都被外面的叫喊声盖过去了。几名士兵跑进来，有一名快步走向莱文，低声对他说了点什么。

两人说话时，米宁拉开了办公桌抽屉。他抬起头想确认是否有人在看他，结果对上了杰克的目光。他犹豫了一瞬，随后拿出一瓶无色液体，塞进了上衣夹克口袋里。

“我们没时间争执了。”上校听完汇报后宣布，“中尉，去准备爆炸装置，并召集人手，同时带上村民。我们要把那堵墙炸了，看里面是否还有危险。”他看向博士，“你同意吗？”

“你还在等什么？”博士反问。

有两间仓库坐落在封闭的主实验室的出入口。他们选择了离会议厅最近的那间。

尽管如此，那也是一段噩梦般的路程。外墙全都破碎了，无数只触手钻过混凝土缝隙，伸进通道甩动着。有头生物堵住了通往正门的通道，它不断地往里钻，挤得墙壁嘎吱作响。

科利莱克和其他士兵往通道里扔了几枚手榴弹，然后所有人都跑向相反的方向。很快，通道里就充斥着噪音、烟雾和混乱。

面色苍白的布罗茨基一直走在罗丝身边，他突然大叫一声不见了踪影。罗丝连忙转头，眼看那头生物把他越拖越远，看着他抓挠着地板拼命挣扎。当他的面部缩成一团时，他的眼睛正盯着罗丝。

凯瑟琳尖叫着抓住罗丝的手臂，两人继续向前跑。罗丝看到杰克拽着瓦莱里娅走在前面，不断催促她向前行进。天花板落下一阵阵灰尘和沙砾。一只触手甩落在她们面前，罗丝猛地把凯瑟琳推到一边，自己勉强躲过了攻击。

“快走！”博士在前方催促道。

罗丝听见身后又响起一阵枪声和爆炸声。

仓库里挤不下这么多人，有一部分人不得不退到了通道里。博士、莱文和科利莱克挤了进去，杰克、罗丝和瓦莱里娅则留在了外面。

那名年轻而苍老的女孩呆呆地站着，目视虚空。她满是皱纹的脸被大火熏黑了一半，又被挖掘机滚烫的铁铲烫伤了另一半。

罗丝对她微笑了一下，但像之前一样没有得到任何回应，连一丝感兴趣或表示肯定的神情都没出现在她那双眼睛里。

杰克顺着通道里的人群往前看，发现女孩的父亲正看着他。他的表情难以捉摸，跟他女儿一样茫然。

通道里回荡着枪声。两名士兵连滚带爬地出现在拐角，还不忘转身朝生物开枪射击。

但是当第一波触手甩向士兵时，通道里的人却越来越多了。他们都从仓库里退了出来。博士和莱文正催促他们赶紧出去。

“我们能进去吗？”罗丝问，“不能一直待在这里啊。”

有一名士兵发出一声惨叫。触手缠住他的腿，把他拽倒在地。通道另一头亮起了蓝荧荧的光，那头生物正在逐渐逼近。

“他们准备炸墙了，”杰克告诉她，“点火的时候旁边不能有人。”

“如果有得选……”罗丝说到一半就看见博士走了过来。

“科利莱克正在设置引爆装置，”博士说，“得花一点时间。”

“我们一点时间也没有了。”罗丝回复道。

那头生物已经挤进了通道，一直闪烁着往前行进。卷须似的触手四处甩动抽打。人们紧贴在冰冷的混凝土墙面上，竭尽全力避开那些触手。

“拦住它，”博士说，“我去帮科利莱克。给我半分钟，可以吗？”

“好，”杰克说，“我们尽力。”

“我不知道该怎么办。”罗丝对博士说，可他已经走了。

“我知道。”一个声音在他们身边小声地说。那是米宁，他手上还拿着刚从办公桌抽屉里带来的酒瓶。他拔出瓶塞，把手帕塞进了瓶口。

“你需要能引燃的东西，只有酒精并不够。让我来帮你吧。”杰克对他说。

“我不需要帮忙。”他拿出打火机，缓缓沿着通道走去，走向那头挤过来的诡异生物，“上校，你把他们带到安全的地方去。那些都是我的人，我已经尽我所能照顾好他们了。现在这个任务交给你，请别让我失望。”

米宁打着火，白色的手帕转为橙红，随即冒出红色的火苗。

伴随着他痛苦反抗的叫喊声，那头生物抓住并拖走米宁，发出了胜利的尖叫。米宁的双手颤抖着，迅速老化萎缩。可他还是铆足了力气把瓶子摔碎在脚下，随后身体一软，倒在了火焰里。

触手把他往回拉，穿过那一片火焰。他的衣服着了火。他摇摇晃晃地站起来，跌跌撞撞地追赶着那头尖叫着后退的生物——把它往反方向驱赶。

转眼之间，通道里灌满了灰尘和烟雾。科利莱克的引爆装置启动了，炸穿了仓库后面的混凝土墙壁，巨大的轰鸣声响彻通道，震得杰克的耳朵嗡嗡作响。

“快来！”博士的声音从混乱中传来，“所有人都进去，快！”

杰克一把抓住瓦莱里娅的手，领着她穿过仓库。博士就站在门旁边，准备等所有人进入后立刻关门。他看见罗丝一脸震惊的表情，问道：“米宁呢？”

“他帮我们争取了一点儿时间。”杰克说。

博士点点头，然后关上门，“好了，所有人在这里等着，等我们先进去。还不知道里面有什么呢。”

“你觉得会有什么？”杰克问。

“会有危险吗？”罗丝说。

“如果毒气还有效的话，我们这会儿已经死了。”杰克对她说。

“不危险。”博士说。

“你确定？”

“对。从平面图上可以看出，自始至终，空调装置都与这片区域相连通。这里从来没有出现过毒气，从来没有发生过泄漏。”

“那它怎么被封闭了？”杰克问。

“让我们进去看看为什么吧。”

莱文、科利莱克和大多数士兵已经穿过墙上不规则的大洞，站在短通道的另一头。地上落了一层灰，不过借助仓库透过来的灯光，可以看到这里跟研究所其他通道没什么区别。通道尽头是一扇厚重的金属门。

“要打开吗？”莱文问博士。

他点点头，“打开吧。”

“你知道里面有什么，对不对？”科利莱克转动金属门时，莱文对博士说。

“对。”

门打开了——里面是一片黑暗。

“这里应该通了电，在你左侧的墙上有个照明开关。”博士对科利莱克说，“平面图上标注了的。”

荧光灯闪烁几下后亮了起来，博士跟随科利莱克和莱文走进宽敞的房间。罗丝和杰克带着瓦莱里娅紧随其后。剩下的士兵和村民也陆续跟了进来。

“关门落锁！”莱文头也不回地大声说。跟其他人一样，他似乎无法将目光从眼前这片景象上移开。

这是间巨大的实验室。工作台上堆满了器材，陈旧过时的电脑设备靠墙而立——上面有磁带、开关、刻度盘和读数表。到处都铺着厚厚的灰尘，所有玻璃瓶和试管都不再透明。房间正中有好几张移动手术床，床边连接着一堆管子和电泵，跟索菲亚·巴林斯卡家的设备差不多。

不过，这些都不是人们走进来之后最关注的东西。这五十个人——男女老幼，士兵和时间旅行者，全都盯着里面那些人——他们有的躺在手术床上，有的靠着工作台坐在实验室凳上，还有的倚靠在墙壁和电脑柜上。

那些人都穿着戴兜帽的实验室白袍，只是如今衣服已经满是灰尘和霉菌。袖口伸出瘦骨嶙峋的手臂和节节分明的手指，苍白而脆弱，好像石头一样。他们的脸都枯萎皱缩——成了风干的皮包骨，没有血肉，一片死灰。

房间里一片寂静。

紧接着传来咯吱声，就像一条船准备起航。周围一阵响动，那些骷髅似的头缓缓转向门口，静止的身体也突然动了起来——那些家伙扭曲着四肢，摇摇晃晃地站了起来……

“他们是什么人？”罗丝气若游丝地问。

“大约五十年前发现太空飞船的研究人员，”博士说，“他们改造了飞船系统，从而让自己长生不老。如果你认为这副模样也算得上‘活着’的话。”

“并非一直如此。”他们身后传来一个声音。

克列巴诺夫挤过人群，然后停下来盯着那些腐朽的身躯，他们正脚步拖沓地缓缓朝人群走来。

“他说得对，索菲亚就不是这样，”罗丝说，“至少多数时候不是。”

“那会耗费很多能量。这帮人正在等待足够多的能量，好让他们都能分一杯羹。对不对？”他向最近的皮包骨头人问了一句。

它的回答嘶哑而干裂，仿佛陈旧的磨刀石的声音，“是时候了吗？”那个人沙哑地低语道，“你找到办法让我们复活了吗？

让我们长生不老？”

可它并不是对博士说话，而是在问克列巴诺夫。

研究负责人点点头，“是时候了。你看……”他转过身，向挤满房间后半部分的人群张开手臂，“我给你们带吃的来了。”

14

他们背后的仓库传来砖墙破碎的声音，那些生物开始强行突破了。

“情况不太妙啊！”杰克说，“D 计划？”

博士没理睬他，而是对克列巴诺夫说：“巴林斯卡跟你是一伙儿的，还是单独行动？因为她在这儿待了不少年头，对不对？”

当克列巴诺夫正要回答时，博士朝杰克瞥了一眼。那只是一闪而过的眼神，但杰克知道那是什么意思。博士会负责一直谈话，而他要趁此机会把 D 计划想出来。

“她在差不多一个世纪前就发现了飞船。不过，她摆弄里面的东西时，根本不明白原理，也不知道那对自己有什么影响。”克列巴诺夫说。

博士点点头，“她在飞船驾驶员残留灵魂和意念的影响下吸收了一点能量。不过，飞船还需要科学家来完成进一步改造。”

“一九四七年我接管这里时，巴林斯卡带我去看了飞船。”

“难怪米宁找不到你的派驻记录，他应该再往前找三十年。”

那些研究人员脚步拖沓地向前挪动，在人群外围形成一个半圆。村民们都吓得说不出话。所有人都把目光聚焦在博士和克列巴诺夫身上，这让杰克有机会轻拍科利莱克中尉的肩膀。两人静悄悄地躲进了人群中。

“你们都觉得自己会长生不老，对不对？当然，想都不用想。因为这又是飞船驾驶员的影响，他想让你们一直活着，直到替他完成工作。所以，你们之间做了什么约定？她和你青春永驻，剩下的队友则在这里等着你们想出办法，让所有人永远年轻有活力？”

“差不多吧。”

“因为能量不足以供应给你们所有人，对吧？毕竟飞船只能勉强维持运转，它只需要你们其中一个人就够了，而且，它剩下的那些能量里的绝大部分都并不适用于人类。于是，它就把你们找来调试捣鼓——还得避免你们变得太老，让你们在这里慢慢来。你曾尝试过使用猴子。”博士哂笑一声，“不太成功，是吧？”

克列巴诺夫皱起眉，“你怎么知道那件事的？”

“知道什么？知道你把几个同伴改造成了猴人，给他们灌输类人猿能量，把他们变成狒狒原型，而这里却没几根香蕉能给他们吃？”

克列巴诺夫怒吼一声，其他研究人员都向前走了一步，高举着双手，时刻准备袭击。

“所以你不得不持续抽取人类能量，但又不能抽取太多，以免人们产生过多怀疑，而且你也不希望把食物耗尽。你只会偶尔启动一下装置，捕获一两个牺牲品，对不对？打开飞船里的开关，把某些可怜的年轻人抽干，再让巴林斯卡把一切怪罪到传说中的尸鬼头上。瓦莱里娅的朋友就是这样的遭遇。”

杰克绕到人群边缘时突然停下，全神贯注地听博士讲话。他能看见瓦莱里娅呆呆地站在罗丝身边。

“它抽干的能量喂饱了你，让你一直活下去，像手机电源一样给你充满电。然后，你又盯上了瓦莱里娅，只不过这时有人回应了飞船的求救信息，导致它关掉开关，中断了进程。不管杰克的回应可能导致了其他什么后果，他都救了瓦莱里娅的命。”

杰克咽了口唾沫。他救了她的命？换来这些？这值得吗？他甚至连想都不敢想，尽管他知道女孩的父亲会怎么说。他轻轻推了一下科利莱克，两人慢慢挤出人群，朝房间另一头潜行。杰克推断那里跟主通道仅有一墙之隔……

灯闪烁了几下。当照明再次稳定下来，灯光的亮度似乎比刚才暗淡了一些。

“飞船开始启动了，”博士说，“它把你们做的修改都重置了。很快，外面那些外部遥感装置就会开始寻找一切能量源。不仅仅是人类，虽然它们可能已经养成了一定的偏好。某个外部遥感装置找到了输电线或发电机。飞船不需要再让你们活下去了，它认为救援就快到达，毕竟它自己能寻找一切用得上的能量了。”

“那不碍事，”克列巴诺夫说，“正如你所说，问题的关键不在于质量，而在于数量。我们可以吸收一定比例的能量。只要能量足够，从哪儿来的并不重要。相信我，我们早就为这一刻做好了准备。我们已经有能量源，时刻准备着用它为飞船充满能量，同时也为我们注入永不枯竭的生命力。飞船能量越多，我们就越强壮。”

“什么能量源？”罗丝说，“不管那是什么，只要我们把这些牙医诊断椅破坏掉，就都不管用了。”

科利莱克是专业人士，杰克便让他在墙上安装引爆装置，自己则站在他前面——以此挡住那些研究人员的视线。某个瘦骨嶙峋的躯壳转了过来，杰克假装胆战心惊地往后缩，对方朝杰克龇了下牙，又重新转向那群村民。

克列巴诺夫已经不想跟博士说话了。他朝罗丝不屑地挥挥手，“我们不需要那台设备。哦，索菲亚喜欢用老办法连接飞船，为了切身感受到能量充进体内。她不信任我们的方法。”

杰克发现瓦伦和几个村民正不动声色地朝他们这边偷瞥，想知道他们在干什么。他也尽量不动声色地点点头，让他们做好准备，尽管他们并不知道自己要干什么。莱文上校站在人群前排，好像完全没注意到他们。不过他把双手背在了身后——有只手明显竖起了大拇指。

"你们的方法？"博士追问道。

"与飞船的蓄能单元直接相联，只要能量传输至蓄能单元，马上就能为我们所用。我们可以随心所欲地抽取能量，一旦有了足够的能量，我们就能抽取自己所需要的，从而存活千年，甚至更久。"

"无线网络。"博士惊讶地说，虽然听起来很不情愿，"我想你应该是改造了飞船的能量发射器。这办法不错，有点像可怜的老格奥尔基与飞船的连接方式。之前他进入冥想状态后，我猜是你给他下了新的指示吧？但那没用，因为你们所有人很快就得死了。"

"为什么？"

"因为我必须关闭飞船。没了它，你们很快就会感受到时间的威力了。"

"我可不这样想。"

"我知道。"

克列巴诺夫摇摇头，"可是你，博士，永远无法离开这个房间了。"他打了个响指，所有研究人员同时扑了过来。

与此同时，人群背后传来撞击声，有东西把金属门撞得砰砰作响。

"外面那些东西也会把你们杀掉！"罗丝大喊。

"它们不会伤害我们，"克列巴诺夫说，"它们知道，如果从我们身上吸取能量，只会马上又补充回我们的身体。那只是浪费时间而已。”

“它们也许依旧会试试。”博士对他说，“我猜那会很痛苦吧。”

那些皮包骨头的研究人员都停下了动作，转头看着皱着眉头的克列巴诺夫。他可能从没想过这点，也有可能打算轮流处理这些问题，杰克意识到，不管怎么说，现在好像是他们逃生的最好时机。

“快！”杰克对科利莱克耳语道。

中尉点点头，“就快好了，”他压低声音，手上还拿着一个无线电引信，“我们最好找个掩护，祈祷它能管用。”

杰克迅速扫了一眼房间。有个研究人员正朝他们走来，骨节分明的手指随着抬手的动作咔嚓作响。杰克紧张地吞了下口水，“呃，掩护？”灯又开始闪烁——每次重新亮起时，灯光都比之前暗淡一些。

“你要干什么——把我们喂给那些东西？”罗丝的喊声盖过了那些生物的撞击声。门已经开始松动了。

“一点没错！”克列巴诺夫面带微笑喊了回去，“这应该够它们饱餐一顿，而我们会悄悄离开，去码头处理尚未完成的工作。你知道吗？这里有条路能出去，只是你们永远也找不到。”

“并不需要。”博士突然大喊了一声，“杰克！”

“好吧。”杰克说，“别管掩护了，就这么干吧！”他说完猛地卧倒在地。

大门向着房间里面轰然倒塌，一只只扭动的触手伸进房间。

那些骷髅般的研究人员发出激愤的嘶鸣，向人群扑了过来，想要把村民还有博士和罗丝往后赶，把他们逼向正在挤进大门的生物。

灯熄灭了。

科利莱克启动了引爆装置。

如闪电般的一道亮光划过漆黑的房间。碎砖石簌簌落在杰克身上，他缩起身体咳嗽起来。闪光照亮了那些紧紧相握的手和受惊的面孔，士兵们催促村民穿过墙上还冒着烟的大洞。

杰克又站了起来，科利莱克踉踉跄跄地站在他旁边。灯又闪烁一下，杰克看见他半边脸上满是血污。然后，灯彻底熄灭了。

那头生物终于挤进门了，房间里笼罩着它发出的诡异微光。石膏屑和混凝土块不断从天花板上落下。

一阵枪声响起，士兵们想要阻止那些骷髅般的研究人员追赶村民。那些枯瘦的身躯蹒跚着连连后退，但没有倒下。

“快走，快走！”莱文大喊着。

博士把罗丝护在身前，不停催促其他人穿过墙上的大洞。杰克已经钻过去了，正忙着快速把人拽过去，希望他们不要因惊慌失措而把洞口堵住。

有个人倒下了，他可能马上就会遭到踩踏。杰克钻进拥挤的人群中将他拉起来，并拽着他远离混乱，来到通道里。

那人气喘吁吁地道了谢，用颤抖的手背擦掉脸上的一滴滴血。他跟杰克对视了片刻——杰克发现他是玛门托夫，瓦莱里娅的父亲。

杰克突然想起了瓦莱里娅。

他重新回到大洞边上，竭力想找到她的身影。从不顾一切、匆忙逃窜的人群缝隙里，他看到了女孩的身影——孤零零地呆立在原地。

“罗丝！”杰克大喊，“帮帮瓦莱里娅！”他现在无法逆着人流挤回去，等所有人出去再救她，或许就太晚了。

罗丝在墙的另一边点了点头，然后转身跑向瓦莱里娅，在人群中奋力穿行。然后，黑压压的人群挤过大洞，杰克再也看不到她们了。

博士把杰克拉到一边，“你跟莱文走——让克列巴诺夫和他的伙伴有事情可忙。”

“为什么？”

“你刚才没听见吗？他们打算制造一波突然的大规模能量释放，好让飞船发动起来，同时也让他们自己长生不老。”

“这不太好，对吗？”

“那时飞船会因为过于强大而无法关停。而且你想想，这地方只有临时拼凑的小村庄、荒废的科研基地，以及几艘老旧的核动力潜水艇，上面还装着几乎没被停用的导弹，他们要从哪儿生成那么多能量？”

杰克咬着嘴唇想了想，但他并不需要想太久，“你说得对，我这就行动。莱文上校！”他大喊一声。

几名负责引导村民的士兵带着手电筒，他们把光束来回照在通道裸露的混凝土墙面、地板和天花板上。

博士和杰克一起跑了起来，“我来带走村民。”

“很好，带去哪儿？”

“你负责解决那些僵尸，我来对付那些圆球怪。”

“成。”杰克喊道，“罗丝在哪儿？”

莱文的手下排成一行，朝着克列巴诺夫和其他研究人员开枪，用一排排子弹把他们击退。更多的士兵则把村民推向墙上的大洞。当第一头生物滑行着进入这个巨大的房间时，村民们纷纷拥出洞外，极力想远离它四处甩动的触手。然后，它的另一个同伴出现在门口，整个房间笼罩在闪烁的蓝色荧光下。

罗丝奋力穿过人群，想回到瓦莱里娅身边，她依然站在房间正中央。一只触手从毫无反应的女孩身边甩过，缩了回去，又再次甩出——这次它抓住了某个村民，并迅速把他往回拖。罗丝强迫自己不去看他，依旧奋力向前移动。

可她知道自己到不了那个地方了。

尽管士兵后方有不断前进的生物，他们依旧维持队形有序后撤。临近墙边时，他们停止开火，转身跑了起来。

只留下瓦莱里娅和克列巴诺夫以及他的手下，还有那些生物。

有个士兵从罗丝身边跑过时抓住了她，拽着她一起跑向出口——离开了瓦莱里娅。

她挣脱了士兵的手，可却发现自己什么都做不了。

克列巴诺夫抬手轻抚女孩满是皱纹的脸颊，“他们把你扔下了？”

女孩没有动，也没有回答。

村民们跌跌撞撞地顺着之前爬上来的山脊往下跑。篝火已经燃尽，之前在那儿的生物也都消失了——要么它们换了一条逼近研究所的路，要么在大火中烧没了。

博士跑在前面，一路上鼓励村民前进，向他们描述自己的计划，“它们会追着我们过来！”他喊道，“现在它们会吸收一切能量，可首选仍是人类的生命力。太美味了。所以我们要把它们引到预定地点去，都明白吗？”

“明白。”瓦伦说，“可预定地点在哪儿？”

“任何想要回家的人都可以回去，或者至少躲进村庄边缘的房子里，尽量远离港口。因为我们要把那些圆球怪引到那儿去，听见了吗？”

“然后要干吗？”凯瑟琳·科尼洛娃惊恐万分，上气不接下气地问了一句。她身上的实验室白袍已经满是污渍，破破烂烂。

“那里应该还剩了很多燃油，不得已我们还得用虹吸管[1]把一些燃料从潜水艇里抽出来。不过我可不想这么干，那玩意儿太难喝了。总之，我们要把圆球怪全都引到那儿去，然后点燃燃油。”

“干船坞。”瓦伦说，“剩下的大部分燃油都在那里。”

“太棒了。我们先去准备，把圆球怪引过去。然后你们点燃蓝色的火硝纸，到时我会趁机溜走，去搞定它们的飞船。”

“就这么简单？”凯瑟琳问。

博士咧嘴一笑，“我猜不会。”

杰克和莱文上校并肩而立，与其他士兵一起沿着通道缓缓往回走。这是个典型的撤退阵型。最后一排的士兵开火，随后移向前排，同时下一排士兵开火，队伍继续移动。

子弹把那些骇人的躯壳打得几乎散架，但他们依旧踉踉跄跄地追赶而来，仿佛什么东西都无法阻拦他们。杰克知道，士兵们最多也只能指望拖慢他们前进的速度，缠住他们，让他们无暇顾及博士正在做的事儿。能拖多久算多久。

1. 虹吸管是使液体产生虹吸现象所用的弯管，使用时，管内要预先充满液体。虹吸是一种流体力学现象，可以不借助泵而抽吸液体。

克列巴诺夫走在队伍最前面，他的衣服上满是弹孔，整张脸坑坑洼洼，皮肤也撕裂了，可他和他的手下依旧继续向前逼近。

士兵们拐过一个大转角，渐渐靠近正门了。

然而，生物伸展着触手出现了，仿佛在欢迎他们。

“后退！”莱文大喊。

杰克跟其他人一样，以为克列巴诺夫和他的手下会等在后面，没想到等在那里的竟是另一头生物。

“他们逃走了，”杰克意识到，“他们知道别的出路，于是他们跑了——却把我们困在这里。”

杰克身边的士兵尖叫一声，只见一只触手缠住了他的腿，将他拽倒在地。生物从通道两头逼近，让整个通道笼罩在闪烁的蓝光下。

15

像僵尸一样的研究人员几乎都去追赶杰克和士兵们了，只有两个人留了下来。他俩引导着瓦莱里娅，花了很长时间才让她跟着他们走。那个女孩依旧像在梦游。

罗丝缩在阴影里，尽量不去想自己困在这些僵尸和那些生物之间会有什么下场。后者正在房间一角闪烁着微光，让人胆寒不已。

“她对我们没有用处，只是个空壳罢了。”其中一个研究人员用嘶哑刺耳的嗓音低声对他的同伴说，“她没剩多少生命力了，她身上也没有值得拿走的东西。我们该把她扔给它们。”他抬手指了指在房间另一头的那些生物。

“它们也不会要这女孩，”另一个研究人员回答，“但作为人质，她可能有用，那些村民先前保护过她。尽管到目前为止，那些人没给我们造成什么阻碍，但我们或许需要人质来牵制他们。”

他们领着瓦莱里娅穿过墙上的洞。罗丝想，眼前这一幕真是太奇异了——两个从《活死人黎明》[1]里走出来的僵尸押送着面容苍老的年轻女孩，还沐浴在可怕的圆球怪发出的浅蓝色荧光下。或许，她最好别去想这一幕；或许，她最好别去想自己在做什么。罗丝回头看了一眼那些生物，随即踮着脚尖悄悄跟在瓦莱里娅身后。

又一声尖叫传来。只见有只触手把拼命想要抓住混凝土地板的士兵拖走，迅速吸干了他的生命和活力。莱文的小队只剩下寥寥数人了——可能也就十来个。科利莱克则马力全开地工作着。

“最好快点儿。”杰克低声说道。莱文瞪了他一眼。

科利莱克从墙边退开一步，“好了。”

“行动，”莱文立刻说，“大家快找掩护！”他对剩下的士兵大喊。

那些生物不停地逼近，它们的触手在空中胡乱舞动。科利莱克按下引爆开关，四周顿时充满了轰鸣和浓烟。

他们还没等烟尘消散，还没确认炸药是否在墙上开了个洞，就闷头冲了过去。浓烟熏灼着杰克的喉咙，刺痛了他的双眼。但很快，他感觉一切变得清晰起来。他滚到冰冷的雪地里使劲咳嗽，随后又大笑着跳起来，扶起科利莱克、莱文和其他人，然后跑了

1.《活死人黎明》是一部恐怖片，讲述了在瘟疫蔓延全球之后，人们受到感染而变成了丧失人性、嗜血如命、残暴无情的活死人的故事。

起来。

“你要去哪儿？”莱文问。

“我要去找博士，他可能需要帮手。”

“我们可能也需要帮手，”科利莱克说，“你们看！”

他们看见研究人员从低矮的灰色建筑的尽头冒出了头，克列巴诺夫走在队伍的最前面。他停下脚步，盯着士兵。他可能颇为惊讶，但他脸上仅剩的皮肉不足以构成任何表情。突然，他跑了起来，其他研究人员也迈着骨瘦如柴的双腿，跌跌撞撞地跟在他后面。

“快跑！”莱文下令道。

杰克一边跑，一边回头看。他发现克列巴诺夫停了下来，站在那里看着自己和士兵逃跑，其他的研究人员则聚集在他身边，似乎都在大笑。

“他们惹不出太大的麻烦。”克列巴诺夫的声音听起来好像在咀嚼砂石。

“他们朝港口跑了。”有个研究人员提醒道。

“不打紧，”克列巴诺夫对他说，“他们阻止不了我们。等我们发射了导弹，飞船将会吸收充足的能量让我们所有人重获新生。这些能量将让我们无人能敌，甚至长生不老。”

在他们身后，罗丝紧贴着墙壁，躲在建筑物的阴影里，一边观察一边倾听。瓦莱里娅站在人群最后——他们说不定会扔下她、忘记她，将她弃之不顾。

“该拿这女孩怎么办？”把她带来的那个研究人员问道。

克列巴诺夫走向瓦莱里娅，伸手摸了摸她的脸颊，“她对我们没什么用处，”他说，“除非……好，带上她。”

“为什么要自找麻烦？”另一个研究人员问，“她只会拖慢我们的速度。”

“别这么没耐心。现在是那个情报机构的上校在管事儿，而且他特别关心这女孩。这样一来，她对我们就有用处了。我们可以给她一个用途。”克列巴诺夫笑着说，“这是她现在唯一的用处了。”

一些村民离开了人群，转而逃进夜色之中。闪烁的灯光照亮了生锈的深色潜水艇，也照得冰封的水面闪闪发光。

现在，所有灯都熄灭了，瓦伦跟几位村民一起做了些火把——他们从码头上找来一些木棍，把它们的一端浸在小酒馆外面的油桶里，然后点着了火。博士走在队伍的最前面，带领一群村民穿过废弃的港口，下到道路尽头的干船坞。

在他们身后的山坡上还有另一支队伍——一列尾随他们而来的浅蓝色荧光。

“我觉得那些生物能感应到我们，”有个人说，“就像老格奥尔基不用眼睛看就能感应到一些东西。”

“但愿如此，”博士回答，“我们得让那些家伙相信，它们已经把我们逼得走投无路了。”

“我们现在是去干船坞吗？”

“如果燃油在那里，那就是干船坞没错了。我们得先检查一下，再把现场布置好，然后剩下的工作就交给你们了。”

“什么？”瓦伦问，“你要丢下我们，让我们独自抵抗那些东西？”

“你们能行，真的。”

“你讲话的语气和可怜的格奥尔基一个样。那你要去哪儿？”

“我吗？”他耸耸肩，“我想去戏个水。”

干船坞已经变得不干了。曾经用来拦截冰冷海水的闸门已经弯曲损毁，整个船坞都浸满了海水，结结实实地冻上了。两艘潜水艇从白色的冰面探出头来——有一艘几乎完全侧翻，倚靠在旁边那艘上。潜水艇的外壳满是巨大的不规则锈洞，那些洞黑黢黢的，比外壳的颜色还要深。潜水艇的深色轮廓高出博士和村民一大截。

“燃油在哪儿呢？”博士问。

瓦伦带领他们沿着船坞边缘绕到通道尽头，那里也有一道在夜色中隐约可见的黑影——它与白色的冰面形成强烈的对比。那东西看起来不像油桶，倒更像那些生物的同类，在沉睡中等待着。

不过，等瓦伦和几个村民合力掀开盖在上面的防水油布，高高堆起、如同平顶金字塔一般的油桶便露了出来。

“然后呢？”

博士呼出一串长长的白气，“然后，我们往地上尽量浇油，等着那些生物过来。”

“等它们爬到油面上，我们就点火。”瓦伦接过他的话头说。

“对。好吧，预祝你们成功，希望大火能解决它们。”

“而这个时候，你要跑去游泳？”

博士咧嘴笑了，“是有这个打算。其实我可以走路过去，就是有点儿远。还是游泳适合我。”

“你是认真的，对不对？”瓦伦说。

“是啊。”

“可——你在这里可游不了泳。”老人指着港口冻结的海面。寒风一阵紧似一阵，吹得火把的火光摇曳、火星四散。

“好吧，”博士说，“看来我得先破个冰。”

幸存下来的士兵们迅速朝码头走去。杰克和莱文走在队伍最前面，他俩都没心思聊天，也都认为他们应该找到博士，看看能否帮忙，而不该冒着生命危险去对付那些研究人员。

在远处的山坡上，一长串发光的生物渐渐朝他们追来。克列巴诺夫和他的研究人员已经消失在夜色中，但杰克相信他们也会前往码头。他只想抢先一步到达那里。

士兵们的军靴踩在新雪上嘎吱作响。当他们来到码头边缘的小酒馆时，地上的积雪已经消失——那些生物之前经过此处时已经把雪扫走了。他们往干船坞的方向走去，可以看见远处微弱的火光。在他们身后，那串蓝光紧追不舍，不出几分钟就会追上他们。

当他们靠近干船坞时，杰克脚下一滑，踉跄了一下，差点跌倒在地。在他身边的莱文也险些摔倒。

“是燃油，”科利莱克中尉说，“他们在地上浇满了油。”

杰克好不容易才恢复平衡。他定睛一看，发现地面的颜色很深，又湿又滑，“这都是什么日子啊，”他咕哝道，“僵尸要攻击我，致命圆球怪要追杀我，现在连我的队友也想害我摔断脖子。”他摇摇头，大喊一声，“喂，我们可是同一战线的啊！”

前方有人大喊一声作为回应。两个村民沿着码头滚着一桶燃油，朝他们走了过来。油桶已经开了盖，边滚边往外冒油。杰克发现有一个是瓦莱里娅的父亲——玛门托夫。当他们经过杰克身边时，那人对上了杰克的目光，随后很快看向一旁。

“博士在那头吗？”杰克问。

“不在，”另一个人回答，“他游泳去了。”

“什么？”莱文说。

杰克微微一笑，“典型的博士做派。我们走吧，去帮忙浇油。”

研究人员似乎对跟他们一起下山的那些生物视而不见。不过罗丝深知，自己一旦被它们抓住就死定了。罗丝跟着研究人员和瓦莱里娅从山崖一路走向港口，她只希望那些生物不要察觉到还有个“食物”跟在它们后面。她集中精神，不发出一点儿声音，一边躲在阴影里，一边紧盯着前方那群人行进的方向。

她知道他们正在往码头的方向走，只是不知道确切的目的地。罗丝远远地看见点点微弱的火光——那是村民、杰克和博士所在的方向。克列巴诺夫要带着那群研究人员去攻击村民吗？显然不是，因为他们走向了码头的另一个方向。两者之间离得很近，近得足以让研究人员看到正在干活的村民。他们正在沿着环绕干船坞的墙角滚动油桶，把它们滚到进场的道路上。不过，两群人被一大片封冻的海水，还有某艘潜水艇突起的铁鼻子间隔开来。

罗丝尽量靠近他们，在一堆烂板条箱后面躲着。盘绕在箱子顶端的粗重绳索好似腐烂的巨蛇。她探头看到研究人员爬到潜水艇的指挥塔顶端，还看到瓦莱里娅依旧跟着他们，有人拉着她爬上了舷梯。那些身影一个接一个从外面消失，全都进入潜水艇内部，把罗丝一个人留在寒风中。

也许，最好的选择是到干船坞去，把克列巴诺夫的动向告诉博士，指明他进入了哪艘潜水艇，以及他的计划。两个地方的直线距离虽然并不远，但罗丝并不想冒着掉进水里的风险从冰面上走过去。可如果走大路绕过去，她又得花很长时间。克列巴诺夫自以为他们行踪隐蔽，没有被任何人发现。要是她运气好，说不定那些人会把瓦莱里娅扔在一边，不会看管她——因为他们确信她不会到处乱走，更别说逃跑。

等罗丝回过神来，她已经爬上了舷梯。锈蚀的金属在她的手心不断剥落，梯子摸起来又冰冷又粗糙。她爬到潜水艇顶上，隔着港口远远看见领头的生物爬上了通往干船坞的道路，追踪着那些村民和士兵。她还看见一道道小小的黑影匆忙地来回走动，拼命想在生物到达之前多浇一点儿油在地上。但有一道黑影与其他的不太一样。

她很确定那是杰克的身影——他站立的姿势，双手插兜的样子，看起来不像即将背水一战，倒像是出来观光的。典型的杰克做派。她到处都看不到博士的身影，这也是典型的博士做派。

罗丝脚下的圆形舱门比她想象中的要小一些。打开舱门后，她发现里面是另一条通往黑暗的梯子，“好吧，至少在遇到麻烦时我还能爬出来。”她嘀咕了两句，开始往下爬。

她刚爬进去，脑袋才没入舱门口没多少，就听到头顶传来一声巨大的撞击声，仿佛有什么东西撞上了潜水艇的外壳，或是某个弃置已久的机械装置猛地启动了。

紧接着，她听见刺耳的摩擦声。仅有的微光也渐渐暗淡，最后彻底消失了。罗丝头顶的舱门关上了，她被困在了装满魔鬼的黑暗中。

“你看见没？”莱文说。

“看见什么？”杰克问。

“看起来像是克列巴诺夫和他那些老伙计，”莱文说，“刚才钻进那边的潜水艇里了。”他指向小海湾对面某艘大号的潜水艇。

“核动力潜水艇？”杰克问。

莱文点点头。

“别担心，”有个声音说，“他们搞不了什么破坏。”说话的人是瓦伦。

“你确定？”杰克问他。

“那些核动力潜水艇真的已经正式停用了，”他说，“就在去年，他们才把那艘的导弹停了。那一艘叫‘圣彼得堡号’。我还记得它开到这里来时的光景。”

“对，是哦，还有别的东西也要来了。谢谢你提供的信息。”杰克对他说，“它们来了！”

那串蓝荧荧的光比刚才更近了，似乎大部分生物都爬上了浇满燃油的路面。

“再等一分钟我们就点火，让我们拭目以待吧。”

“为什么要等？”有人问。

“确保所有生物都进来了。”

“我可不想把它们都烧死。”说话的人原来是博士。只见他浑身湿透地站在莱文和杰克身边，正费劲地穿上夹克，“我需要留下一两个。”

“看来你好像玩得很尽兴啊！”杰克对他说，“为什么要留下几个？还有你刚才去哪儿了——飞船上？”

“我去飞船上了。游了好长时间的泳才到，但我想玩玩儿里面的器材。这也是为什么你得现在点火，留下一两个没烧坏的外部遥感装置。”

莱文高声对他的手下和村民发出指令。举着火把的人走到了布满燃油暗色痕迹的道路上。

“你把一两头宠物留下来干什么？”杰克问。

“我想让它们追着你跑。”

“嚯，那可真是太谢谢了。”

“别客气。”博士说，“罗丝在哪儿呢？”

杰克的微笑在脸上凝住了，“她没跟你在一起？”

博士在原地转了一圈，仿佛在确认这回事，“她没跟我在一起。”

“抱歉，那是个蠢问题。她跟瓦莱里娅一起待在某个地方。”

在莱文的号令下，人们同时将火把靠近地面。好几团火焰冒了出来，沿着大路蹿了过去。橙色与红色竞相朝港口蔓延，那些生物发出尖叫，纷纷颤抖着躲闪火苗。

“她总不至于傻到跟着克列巴诺夫溜进潜水艇吧。”杰克看着火焰说。

烈焰直冲天际，吞没了来不及逃窜的生物。它们拼命挣扎着想往后撤，但后面的生物堵住了退路，似乎对前方的危险毫不知情，直到火苗蔓延到自己身上。阵阵浓烟升到空中——在夜空的衬托下显得阴沉而凶险。

“什么潜水艇？”博士在火焰熊熊燃烧的声音里问道。

唯有排在这一列最末尾的几头生物活了下来。有头迅速地爬走了，身上还冒着火花。另一头似乎毫发无损，它耐心地等在外围，眼看着它的同伴被火焰席卷，纷纷融化。

“‘圣彼得堡号’。”杰克抬手指向潜水艇，同时挡住脸以抵挡热浪，他的眼睛感到刺痛，“核动力那种。”

“我早跟你说了，别让他们靠近导弹。”

“啊，没关系，导弹早已正式停用了。”

“没关系？”博士惊呆了。他一把握住杰克的肩膀，用力把他转向自己，盯着他的眼睛，“没关系？嘿——你脑子是空的吗？这可是火山日[1]重演啊。”

“没必要瞎操心啊，博士。导弹都正式停用了，他能拿它们

1. 火山日是指庞贝古城的维苏威火山爆发的那一天。

来干什么？”

博士把身体转了过去。有那么一会儿，杰克还以为他是到旁边去生闷气，可他发现博士是在找人，“凯瑟琳！”他喊了一声，她马上跑了过来。

“我觉得我们成功了。”她面露微笑，非常兴奋，如释重负，“只有一两头逃走了。”

“我们计划好了的。”杰克得意地对她说。

“还有很多生物没赶过来，”博士打断道，“现在得意还太早了。凯瑟琳，你跟杰克说说那些导弹的情况，”博士压低了声音，“告诉他‘圣彼得堡号’上的导弹都怎么了。”

“哦，别担心。”她无意间重复了杰克刚才的话。

“你瞧。”

“它们去年都正式停用了。”她见杰克对她微笑，便也露出了一丝笑意，“由克列巴诺夫完成的，他坚持要亲手操作。”

杰克脸上的笑容消失了。他转过身盯着火焰，嘴里嘀咕道：“还真是火山日。”

16

前面有光。罗丝每走一步，脚步声都会在金属通道里回荡。她听见周围不停传来滴滴答答的水声，她看见布满管路的狭窄隧道里隐约闪烁着血红色的灯光。

她尽量安静地向前挪动，在几英寸深的冰水里拖动着双脚。前方传来微弱模糊的声音，那也是光源的方向。

罗丝紧贴着冰冷的墙壁，尽管隔着厚厚的大衣，各种管道和电缆还是硌痛了她的后背。她一点一点朝声音和光源的方向挪动，最后，她来到了门外。现在终于能看清了，这是一间控制室。几名研究人员正围着一排设备，想要把它发动起来。克列巴诺夫则站在旁边看着，还不耐烦地发出指令。

“我们需要重新激活导弹，”有个研究人员说。他的脸只剩下凹陷的表皮和两个黑洞般的眼窝，“雷管需要重置。”

克列巴诺夫点点头，“那就去做吧。”

罗丝往墙上贴得更紧了，还用力闭上了眼睛。当那个人——那个曾经是人的怪物走出控制室时，他不可能看不见她。

什么事儿都没发生。罗丝把一只眼睛睁开一条缝。她发现没人在外面。她探出身体，又朝房间里面窥视——现在她才发现，原来控制室还有另外一道门。那一定是通往导弹舱的大门了。她还看见有个人站在门边凝视着虚空，没有引起任何人的关注。那是瓦莱里娅。

“你觉得这计划能行？”杰克问。

“对，没问题。”博士用力点点头，“好吧，可能会有点儿问题，不过能行。”

“有点儿问题？你知不知道我要冒着生命危险，手脚也可能废掉，去引诱那些东西追着我跑？”

博士叹了口气，“好吧，当然，如果你对拯救人类不感兴趣，那我可以另找他人。我把优先权留给你了。”

“就因为一开始是我把我们卷入了这场麻烦？”

“你到底想在这里跟我斗嘴，还是想拯救这颗行星？”

杰克摇摇头，“好，我去还不行吗？等火势再小一些我就出发。”

路面还在燃烧，不过只剩下一块块零星的燃烧点，而不是一整面火墙。杰克想，那些生物还在虚弱地蠕动，它们有可能恢复过来，有可能在热量消散后再次扑过来。那头毫发无损的生物正在道路的尽头散发着刺眼的光芒，仿佛在等着他过去。

“现在火势小了。”博士说。

“我想再等一会儿。”

博士哂笑一声，“胆小鬼！”他挺直了身体，转身面对火焰，对杰克咧嘴一笑，“看谁快。”说完，他撒腿就跑。

杰克犹豫了片刻，叹口气，又骂了一句，这才追了过去。莱文、科利莱克、凯瑟琳和村民们全都惊愕地看着两道黑影冲过火焰……

那些曾是正常人的干瘪躯壳全都挤在潜水艇舰桥上的主控板周围，他们似乎把瓦莱里娅彻底遗忘了。当他们检修控制系统时，罗丝能听见几句奇怪的评价和观察结果。那些人好像准备激活潜水艇导弹发射系统。

“正在解除保险程序。”

重要的是，他们都很忙碌——全都专注地看着眼前的控制面板，瓦莱里娅则被扔在一边，无人看管。罗丝小心翼翼地挪进房间，保持缓慢的动作，甚至不太敢呼吸。她踮着脚向女孩站立的方向潜行。

“我们需要给发射载具换料[1]。”

瓦莱里娅淡漠地看着罗丝，罗丝竖起手指放在女孩的唇上。

1. 核能术语，指将乏燃料组件从堆芯取出，将新燃料装入堆芯的操作过程。

刚做完这个动作，她就觉得自己有点蠢。毕竟这可怜的女孩根本不知道她在干什么，也不会大喊大叫。

“那个操作可以在这里自动完成，就像我们能远程操控关闭舱门，避免不速之客闯入一样。”

罗丝轻轻牵起女孩的手，小心翼翼地带着她走出去，缓慢而安静地穿过舰桥。

“无所谓，当火箭发射出去时，我们不会想待在发射舱里。”

她们离另一道门越来越近了。罗丝如果想阻止这些人，就得到发射舱去——且不管它到底在哪儿，但她又不能把可能会成为人质的瓦莱里娅丢下。罗丝尽量不发出一点声音，但瓦莱里娅却不在乎这些。那个女孩跌跌撞撞地跟在罗丝后面，她的脚踩进满地的积水里溅起了水花，还刮擦着生锈的金属地板。

幸运的是，那些研究人员都在埋头做事，没人注意她们。罗丝终于来到门口，拽着瓦莱里娅继续往前走。

可是，女孩的手臂卡在了敞开的舱门边缘，她走的时候把舱门给带上了，只听见一阵刺耳的金属摩擦声。罗丝脸上一抽，立即定住了。那些研究人员似乎都没听见那个声音，他们都在忙着工作。

然后，克列巴诺夫慢慢转过头来，想看看是什么发出了那个声音。他与罗丝的目光交会了片刻，他坑坑洼洼的脸盛怒地扭曲起来。

“快跑！”罗丝对瓦莱里娅喊了一声，但她很快便意识到这不管用。她拽着女孩穿过舱门口，再转身回去一把拉住暴露了她们的舱门。

那道舱门又重又紧，罗丝用尽全身力气把门往外拉。它总算开始缓缓转动了——不断发出吱吱嘎嘎的刺耳摩擦声以示抗议。克列巴诺夫和他的几个同伙朝她们跑来，罗丝透过越来越窄的门缝把他们看得一清二楚。

一只手搭在了舱门上，干瘪的手指死死扒住门边，枯槁的研究人员开始把门往反方向拽。

罗丝一鼓作气把门关上了。她听见锈蚀金属发出的尖锐声音、枯骨的断裂声，还有舱门撞上门框的巨响。有什么东西掉进了罗丝脚下的积水里，她没去看那是什么。舱门的边缘装了一圈门闩，一拧就能把门锁住。罗丝拧了拧，发现第一个门闩纹丝不动。

第二个门闩也很紧，但罗丝还是把它拧到了能卡住舱门的位置。现在门暂时打不开了。

研究人员使劲敲着门，在另一侧不停地拽着门把手，把舱门摇得哐哐作响。金属门闩逐渐弯曲开裂，从接合处剥落的铁锈四处飞溅。

罗丝重新抓起瓦莱里娅的手，拽着她穿过满是红光的通道。

杰克的夹克外套被火焰烫得直冒烟，但他的身体却冻得发抖。

火几乎熄灭了，几头生物迟疑地左右蠕动，它们卷须般的触手在路面上扫来扫去。

把杰克留在码头之前，博士已经将自己的计划和理由都告诉了他。一如既往，那计划和博士通常会在最后关头冒出的点子一样，听起来合情合理，某些部分也一样疯狂，让人难以置信。其中最为严峻的任务，就是杰克要让一头或好几头生物追赶自己。博士的原话是“越多越好”。不过杰克觉得，一头就已经够了。

杰克看得出来，那些村民马上就有麻烦了。一旦这些生物恢复过来，一旦火焰彻底熄灭，那么飞船仅剩的外部遥感装置又会重新开始行动。不仅如此，他们只看到一头没有受伤的生物待在这里，杰克却看到又有好几头正在向码头靠近。或许它们刚才离得太远，可能还在村庄里；又或许，飞船有能力多造几个外部遥感装置来顶替那些损毁或受伤了的。

没时间闲逛了。如果他停下来细细思量，也许会意识到，他这是在任凭自己陷入愚蠢的致命危机之中。然而，他只是把双手插在夹克口袋里，吹起了口哨，轻快地走过码头。

一开始，那头幸免于难的生物好像无视了他。毕竟，干船坞里还有更多的“食物”等着它呢。杰克需要靠得多近，才能让它觉得自己值得追上一追？这能管用吗？他不再吹口哨，而是放慢脚步走向那浅蓝色的圆球生物。那东西轻轻地颤动着。杰克一点点靠近，时刻准备转身就跑。

它还是一副漠不关心的模样。如果他再往前走，就能伸手碰到它了。当然，他并不打算这么做。

那头生物向他伸出了触手。

他差点儿没有反应过来。

杰克向后一跳，触手正好划过他面前的空气。他刚才差点就踩到那只触手了，“聪明，”他对生物说，“不过还不够聪明。总之你的晚餐在这儿呢——快过来抓我吧。”

他向后退开，满意地咧嘴笑着，看着那头生物爬了过来。不过等他转过身去，脸上的笑容就消失了——他看见又有两头生物穿过港口朝他而来。

“糟了……码头！”他说。

“圣彼得堡号”在铅灰色夜空的衬托下，显得阴暗而令人生畏。雾气翻腾着，包裹住指挥塔和圆形的船身。博士顺着潜水艇外围从头走到尾，然后又折返回来。他找到了导弹发射管的位置，借此推断出发射舱在哪儿。他又基于已有的信息猜测出舰桥的位置，然后想了一会儿，考虑自己要不要从主舱口进去。他想知道罗丝是否在里面某个地方，还是说，他只需要担心那些导弹。

随后，他往前一冲跳到甲板上，跪在靠近潜水艇头部的副舱口旁边。他手上嗡嗡作响的音速起子发出蓝光，照亮了锈成褐色的舱门。紧接着，舱门解锁，豁然敞开。

道路的左右两侧各有一头生物。它们在两艘锈蚀的潜水艇之间刮蹭滑动，可能在搜索反应堆或蓄电池里残留的能量。杰克身后的生物加快了追赶的速度，他只好一直往前跑，以躲避触手的攻击。

他笔直地跑向前方的生物。

他只有两个选择，要么从两头生物中间冲过去，要么纵身跳下码头，潜进冰冷的海水。他不久前才游过一次泳，现在丝毫不想再来第二次了。在那两头生物之间有足够的空间可以通过吗？他很快就会知道了。

杰克的两侧都是散发着蓝光的高墙，墙面迅速逼近，触手也向他拍了下来。他身后的生物挤进两个同伴中间，强行把它们分开。这反倒救了杰克一命。他把头一低，感觉头上有什么东西甩过。他依旧没有减慢奔跑的速度。

当跑到道路另一头时，他发现那几头生物好像粘在一块儿了。它们不断尖叫着、扭动着，想挣开彼此的身体，都想去追赶他。

杰克打算等等它们。他坐在道路一侧的矮墙上喘了口气调整呼吸，“你们先把自己折腾出来，好吗？”他朝生物大喊，“我们还要去研究所的实验室赴约，我可不想迟到。尤其是——”他小声补充道，“这可能成为我的葬礼。”

舰桥的舱门猛地打开了，金属的撞击声回荡在整艘潜水艇里。

罗丝和瓦莱里娅一直在奔跑，两人的脚重重地踩进甲板的积水中，溅起一片片水花。罗丝不得不拽着那个女孩往前跑——她似乎只知道待着不动，所以要让她做出动作得费很大的工夫，还需加以鼓励。

她们的前方又出现了金属舱门——门半掩着。罗丝没有减速，直接用她的肩膀撞了上去。这一撞让她抖个不停，感觉剧痛传遍了整个身体。沉重的舱门缓缓打开了一些，罗丝走进了一间大舱室。这里与潜水艇的高宽相等。一排圆头的灰色圆筒全都摆放在巨大的金属支架上，竖立在房间一侧。那副架子还连着一组可移动的链条和皮带。那些圆筒全是导弹。

三名研究人员正站在导弹旁边监控着管路连接，并检查开放端。他们转过头，盯着罗丝和瓦莱里娅。

“也许这不是个好主意，”罗丝说，“抱歉。”

但她已经听见身后的通道传来沉重的脚步声，“快走！”她朝瓦莱里娅大喊一声，希望女孩至少能回应她一次。她紧紧抓住女孩的手，拉着她跨入导弹舱，穿过舱室，全速跑向另一端的舱门。

其中一名研究人员转过头继续工作，另一名则朝她们跑了过来。他骨瘦如柴、面如骷髅，他的实验室白袍上满是弹孔，身上被子弹打出的洞还往外冒着黏腻的黑色液体。他跑起来摇摇晃晃的，仿佛他的双腿不习惯这个动作。

又有些研究人员穿过了舱门，发出愤怒的嘶鸣，他们纷纷伸出双手，差点就抓住瓦莱里娅了。

罗丝推着沉重的舱门，想顶住另一侧的冲力把门关上。但是她没有成功。那些研究人员强行把门打开了。

突然，一只手抓住了罗丝的肩膀。她惊叫着转过头，瞪大的双眼满是恐惧。

“我总算找到你啦！”博士高兴地说。

“你可不是唯一找到我的人。”她对他说，“搭把手。”

博士摇摇头，“不，我想跟克列巴诺夫谈谈。”

“可他们要发射导弹啊。”

“我知道。”

舱门再次敞开，两名研究人员站在门口。从他们身体间的空隙里，罗丝看到克列巴诺夫和其他人来到了导弹舱另一头。

“你要对他们说什么？”罗丝压低声音问道，听起来沮丧而无助。

“就是他们早该知道的事情。这里的导弹不会发射出去，而且，不管他们自己怎么想，他们都已经死去多年了。”

杰克的脚把混凝土地上的什么东西踩碎了。他低头看了一眼，随后用力地咽了口唾沫。他小心翼翼地把脚从干瘪尸体的胸口位置上挪开。他的四周都笼罩在蓝光之下。

“你们得对好多事情负责！”他回过头大喊，“但愿博士说得没错。你们闻到了吗？你们还需要我吗？”

第一头跟进来的生物穿过门槛来到通道里。它身上的光更亮了，或许这家伙真的感应到了能量，或许它真的在寻找更强的能量源，而不是追赶杰克。

他想了一会儿，不再往墙上开了个大洞的主实验室走，而是换了个方向。他选了条侧通道，然后就等在那儿，眼看那些生物一头接一头地爬了过去。目前已过去了三头，其他的可能还在路上——当然越多越好。

“伙计们，”杰克回到主通道，目送那些蓝光拐过通道的尽头，然后渐渐消失，“这儿就交给你们了。我得去找个女孩，其实，是两个女孩。你们做好你们的事儿，我也去完成我的任务。”

这里离码头还很远，不过杰克还是一路跑了下去。

莱文上校和科利莱克中尉站在凯瑟琳·科尼洛娃身边。村民们聚集在他们身后，士兵们则在干船坞的尽头摆出防御阵型。

他们四周围绕着潜水艇的黑色身影。火几乎熄灭了，黑烟缭绕在深灰色的天空，码头另一端的微弱蓝光照亮了天空一角。

“长官，看来这回我们真的要孤军奋战了。”科利莱克说。

“看来是这样。”莱文严肃地说。

“博士有个计划，”凯瑟琳对他们说，“他正在准备。”

“那希望他的计划能管用，越快越好。”

第一头生物穿过飘散的烟雾爬了过来。大火的高温烫得它发光的皮肤滋滋作响，但那头生物依旧继续前进。

“还有手榴弹吗？”莱文问。

“没了，长官。”科利莱克对他说。

“还有弹药吗？”

“不多了，长官。再说也不管用。”

“你有什么主意？”

“那边有救生带。”凯瑟琳插嘴道。

两人同时转过来盯着她。出乎他们意料的是，她竟露出了微笑，“我看出来了，你们不是本地人，也不是海军。”

“海面结冰了，”莱文指出，“就算没有结冰，一条救生带也救不了所有人。退一万步讲，就算救了所有人，我们在水里也都得冻死。”

“长官，我们要撤退吗？”科利莱克提议道。

“我认为我们并没有别的地方可去。这儿只有一小片海岸，后面就是山崖。我们还不如留在这里。”

他们看着凯瑟琳跑向一个木盒，木盒绑在码头边缘墙头的栏杆上。盒子的铰链已锈死，不过木头也腐朽老化了，所以她干脆把盒子正面的木板一把扯开。莱文看到盒子里装着一捆白色救生带——她想干什么？只见她抓起什么东西，又跑了回来。莱文发现那东西不是救生带。

“给，”凯瑟琳喘着气说，“我猜你比我懂该怎么用这东西。”她把那东西递给莱文。

那是一把信号枪和三枚信号弹。

他点点头，略显惊讶，“这玩意儿坚持不了多久，”他提醒道，“不过我会让它们瞧瞧我的厉害。”

“换料完成百分之七十。”负责监视仪表的研究人员说。

克列巴诺夫拿着枪，正对着博士。罗丝很庆幸他没把枪对着自己，但也因为他显然没把自己当成威胁而感到恼火。不过，她最在乎的还是他可能对博士开枪。

“告诉他。”罗丝说。

“告诉我什么？”克列巴诺夫仿佛被逗乐了。他可能在微笑——只是从他的脸上再也看不出表情了。

“告诉他。”罗丝又说了一遍。

“好吧。”博士点点头，指着克列巴诺夫，“你听我说。”

“我好害怕啊。”研究负责人回答道。

其他研究人员全都哈哈大笑起来。

“现在完成百分之七十五。”等笑声小了一些，仪表旁的研究人员插嘴道。

“你们待会儿打算做什么，嗯？”博士问，“给导弹换料，然后把它发射出去，对吗？导弹会在我们头顶的某个地方来个空中大爆炸，瞬间释放出大量能量。飞船将吸收能量，直至完全装满。可是，它再也去不了任何地方，因为能量全都通过你们实验室里的传送器传输到了你们身上。那些能量肯定不能全都派上用场，不过你们会想办法转化出足够的剂量，让你们得以重生，永不死亡。”

“没错。”克列巴诺夫说，“你很聪明，博士。”

“已经完成百分之八十。”

“哦，我是个天才。不过就算不是天才也能猜到，大量的能量并不会被转化，只会把地球上的这片区域夷为平地。由于飞船会吸收我们身边因爆炸而产生的能量，我们将身处风暴眼而得以保全性命。可是，放射云会向外扩散，有可能一直扩散到离这里最近的城市，它瞬间就会杀死几百万人。然后，在接下来的一两年里继续杀死几百万人。可那算得了什么呢，那根本不会影响你和你的这些超人同伴——你们会笑到最后。”

“如你所说。”

“只不过，那并不会发生。”

“现在已经完成百分之八十五。”

“我真的认为你或者其他人不可能阻止我们。”克列巴诺夫对他说。

罗丝开始担心克列巴诺夫说的是对的。博士只是在耍嘴皮子，瓦莱里娅什么也做不了——只是和他们站在一起，盯着虚空。天知道杰克在什么地方，或者外面正在发生什么。

“完成百分之九十了。开始发射前检查。”

于是，只剩下罗丝能做些什么了，“一不做二不休。”她嘀咕了一句。她看见克列巴诺夫的枪口仍对着博士，他的全部注意力都集中在博士身上，而其他人要么忙着操作控制面板，要么也都盯着博士。或许就是这样——这就是博士的计划——他来分散人们的注意力，让罗丝能够见机行事。

“换料现在完成百分之九十五。发射前检查均无问题。初级点火倒数十秒。”

罗丝什么都没想。

“九。”

她只是闷头冲向了控制台。

“八。”

然后她挤开那群研究人员。

“七。”

自己撞在控制面板上。

“六。”

罗丝两眼发直。她现在该做什么？中止发射的按钮在哪里？真的有这个按钮吗？或许它是个开关？

“五。”

在她身后，有人对克列巴诺夫大喊，让他不要开枪——不要误击控制台。或许她该把所有的按钮都按一遍，把所有的开关都推一下，把所有的转盘都拧一拧。

“四。”

可是为时已晚。坚硬而冰冷的手死死钳住了她的手臂和肩膀。

“三。”

他们把她从控制台边拽开，将她的身体掰向一边。

“二。”

罗丝和博士的目光相遇了。

“一。”

“对不起。”罗丝说。

“你尽力了。”博士低声说道。可噪音几乎把他的声音淹没了。室内响起刺耳的警报声。

监视仪表的研究人员摇着头，用拳头捶打着控制台，“系统故障。”他的声音低沉而沙哑，“系统彻底停止运转了。”

克列巴诺夫难以置信地看着他，仅剩的面部因愤怒而扭曲。他气得双手都颤抖起来，不得不加大力道把枪举平，“哪里出问题了？”他气愤地问，“怎么回事儿？导弹都填满燃料了。”

博士一动不动地站着，对上了他的目光，“那个仪表只告诉你们有东西把它填满了，而没告诉你们是什么东西填了进去。我不是专家，”他说，“不过，如果有人像我一样聪明，懂得把换料管从主供应口上拔下来，再把它插到鱼雷管的进水口上，这种事就有可能发生。”

博士还没听清对方的回答，就见杰克上校猛地撞开舱门冲进控制室，扑向抓着瓦莱里娅的研究人员。

克列巴诺夫浑身发抖，只得双手握住手枪。其他研究人员也在他身后一片颤抖，但他们并不是出于愤怒。他们缓缓跪倒在地，仿佛能量都被抽走了。唯独克列巴诺夫还站着，他的手指扣住扳机，然后开了火。

就在此时，杰克一掌拍飞他手里的枪，让它打着转飞到了控制室的另一头。

“我们怎么了？”克列巴诺夫无力地说着，终于也像其他人一样跪倒在地。

“你们的时间到了，”博士说，“一切都结束了。”

“可是……怎么会？”

“我把飞船的外部遥感装置引回实验室去了，”杰克说，“引到你们的传送器那里去了。”

最后一枚信号弹打到生物胶状的表皮上。莱文看着射出的火球深入那团果冻一样的身体，烧穿了它——它的皮肉在灼烤下不断融化滴落。信号弹在它体内深处炸开，火焰从它身体的另一侧钻了出来，炸得蓝荧荧的碎块满地都是。

可是，它支离破碎的残躯后面，又出现了另外一头，它将自己的伙伴挤到一边，饥肠辘辘地扑向挤在码头尽头的人群。

“我猜这下完蛋了。”凯瑟琳说。

“我猜也是。”莱文转向他的手下，清了清嗓子。他不确定自己接下来要说些什么，可他必须说点什么——比如光荣和决心，比如战友情谊，比如牺牲的同伴们。

可就在他开口之前，科利莱克中尉一把抓住他的肩膀，把他的身体转了回来，“看，长官——快看！”

最前面的那头生物停了下来，慢慢扁了下去，似乎是渗进了地表之下，最后化了开来。黏稠的蓝色液体在路面上漫延，流进港口封冻的海水。它的蓝光逐渐消失，身上的闪光也越来越微弱。其他的生物也和它一样——渐渐融化、消失、死亡。

“怎么回事？”凯瑟琳小声地说。

莱文只是摇摇头，“我不知道，不过我们就别发牢骚了。”

“传送器是这片区域内最大的单一能量源，”博士对他们说，“它必须得是。外部遥感装置收集并传回飞船的所有能量都由你们转送到传送器里，再由它分给你们。”

“现在那些圆球怪找到传送器了，”罗丝立刻反应过来，“所以他们再也分不到能量了。”

“没错。不仅如此，这还是个循环，那些圆球怪直接从传送器里获得能量，然后传送回飞船上。”

克列巴诺夫想要开口说话，他的下巴虽然在动，但却只发出了一声干咳。他颤抖着俯伏在地。他周围的研究人员都逐渐化作尘土——他们粉身碎骨、烟消云散了。

“然后飞船把能量输送给传送器，”杰克接过了话头，“那些圆球怪又把能量吸走，再传回给飞船。”他跟瓦莱里娅站在一起。女孩的脸颊湿润——可能是沾上了管道漏下来的水，也可能是汗水。

“每一轮循环输送，”博士说，“都会损耗一点点能量。因为传输速度非常快，所以能量损耗的速度也很快。过不了多久，飞船就会安全地进入关闭状态。”

“然后会发生什么？”看着克列巴诺夫向前瘫倒在地，罗丝无法转移目光。他的手先是变成枯骨，然后化作齑粉。他的实验室白袍又脏又破，最后掉落在地——里面已空空如也。

“你正看着呢。”

17

“你可把我给担心坏了。”杰克对她说。

所有人都站在石圈里。莱文、科利莱克和其他士兵站在一旁等待直升机的到来。现在没有了无线电干扰，他们已经呼叫了增援——因为有座村庄需要重建，而莱文已经逼迫他的上司同意为重建提供资金。他指出，凯瑟琳很愿意且能够详细列出克列巴诺夫在这里开展的非法而危险的工作。尽管上头无人知晓具体内容，但各种线索足以证明这座研究所建立的初衷是研究生物武器，而且莱文还向他们提交了士兵及平民的大致死亡人数。

“我不得不回来，”杰克继续道，“确保你没事。”

“我也很好，谢谢关心。”罗丝在他身后说。

“你能照顾好自己。”杰克头也不回地说道。他依旧看着瓦莱里娅，握着她毫无生气的手，“可她甚至不知道我在这里，对不对？”杰克小声说。

“我会照顾好她的，”玛门托夫说，“我已经明白了，这是我的责任。”

费奥多尔·瓦伦把手搭在他肩膀上，“朋友，我会帮你的，”他说，“换作帕维尔肯定也会这么做。我们都会帮你的。”

“谢谢你。”玛门托夫从杰克手中接过他女儿的手，“我还要谢谢你，上校。你教会了一个老人他本该懂得的道理。”

杰克难过地点点头，“很抱歉，我没有更多能做的了。”他仔细凝视着瓦莱里娅淡漠而苍老的脸，用他的手背轻抚她金色的发丝，然后转过身去。

“我们该走了，”博士说，“如果你们都道过别了的话。”

罗丝用肩膀撞了一下杰克，“我说，”她说，“我们干得挺好。”

“是吗？”

“对呀，”博士说，“这种事迟早都要发生，而我们打败了坏人，拯救了世界。”

杰克点点头，“可有时候，我总觉得这样还不够。”

“那也是个好的开始。”罗丝说。

天上下起了雪，大片雪花在空中悠悠地打着旋儿，最后落在立石光滑的表面上。杰克停下来，叹了口气，又转向前来送行的那一小群村民。那些人不知道他们要去哪里，也不知道他们将如何离开，只不过，他们都知道这将是永别。

博士和罗丝也停了下来。博士朝他们挥挥手，“再见啦。”

“快走吧，”罗丝说，“我都快冻死了。”

“我待会儿就赶过来。”杰克跑进下得越来越大的雪中，停在瓦莱里娅的面前，凝视着她涣散无神的双眼，“我忘了跟你道别。”他俯身向前，轻吻了一下她的脸颊。

女孩动作迟缓、面无表情地抬手搂住杰克，用力抱了抱他。尽管这个拥抱只有短短一瞬。在他们四周，漫天飞雪，天寒地冻。

致　谢

一如既往，我要感谢几位朋友：我的编辑史蒂夫·科尔、卡迪夫《神秘博士》制片室的创意团队，尤其是海伦·雷纳和西蒙·温斯顿。多亏有他们，我们的小说才能按时完成。还有拉塞尔·T.戴维斯，他让我们始终热情满满、灵感不断。

《神秘博士》系列小说封面、相关DVD产品以及其他商品设计的主要元素之一，是标题使用的独特字体。这个特别棒的“做旧”字体由有才的劳埃德·施普林格设计，它可以从艺术字体库上获得——网站为www.TypeArt.com。我之所以要提起这点，不只是为了让大家能印刷并制作漂亮的神秘博士风格字体，还因为那种字体的名字就叫“异种”。当我发现这一点时，脑子里立刻产生了这种想法：“异种”除了是博士独有的字体，还得是他的其中一场冒险。所以，我要格外感谢劳埃德和他的团队创造了这个绝佳的设计，感谢激发我灵感的字体名称，还有他们为这本书做的字体授权。我希望这本书没有辜负他们。